NUNCA É PRA SEMPRE

AMARILIS DE OLIVEIRA

Romance ditado pelo espírito Carlos Alberto Guerreiro

© 2018 por Amarilis de Oliveira
© iStock.com/Klubovy

Coordenadora editorial: Tânia Lins
Coordenador de comunicação: Marcio Lipari
Capa e projeto gráfico: Equipe Vida & Consciência
Preparação: Janaina Calaça
Revisão: Equipe Vida & Consciência

1ª edição — 1ª impressão
4.000 exemplares — agosto 2018
Tiragem total: 4.000 exemplares

**CIP-BRASIL — CATALOGAÇÃO NA PUBLICAÇÃO
(SINDICATO NACIONAL DOS EDITORES DE LIVROS, RJ)**

G965n

    Guerreiro, Carlos Alberto (Espírito)
    Nunca é pra sempre / Amarilis de Oliveira ; pelo espírito Carlos Alberto Guerreiro. - 1. ed. - São Paulo : Vida & Consciência, 2018.
    224 p. ; 23 cm.

    ISBN 978-85-7722-566-8

    1. Romance espírita. 2. Obras psicografadas. I. Oliveira, Amarilis de. II. Título.

18-51033   CDD: 133.93
                              CDU: 133.9

Todos os direitos reservados. Nenhuma parte desta edição pode ser utilizada ou reproduzida, por qualquer forma ou meio, seja ele mecânico ou eletrônico, fotocópia, gravação etc., tampouco apropriada ou estocada em sistema de banco de dados, sem a expressa autorização da editora (Lei nº 5.988, de 14/12/1973).

Este livro adota as regras do novo acordo ortográfico (2009).

Vida & Consciência Editora e Distribuidora Ltda.
Rua Agostinho Gomes, 2.312 — São Paulo — SP — Brasil
CEP 04206-001
editora@vidaeconsciencia.com.br
www.vidaeconsciencia.com.br

Querendo apenas agradar a mim mesmo, entregando-me ao egoísmo, não percebi que plantava a árvore da solidão. Mas, mesmo assim, nunca estava completamente sozinho.
Vinicius

PRÓLOGO

Deus nunca nos condenaria eternamente pela ignorância. Ele sempre nos oferta, pacientemente, novas chances de aprender.

Em nosso passo a passo para a evolução, muitas vezes caímos nos vícios. Quando falamos em vícios, lembramo-nos do alcoolismo, das drogas etc. Péssimos, claro! Mas eles só existem porque há um vício maior, mais persistente, que é a nossa imperfeição de caráter. É difícil dominá-la, pois criamos máscaras para justificá-la e dar-lhe vazão.

Nesta narrativa, temos alguém que preferiu seguir suas imperfeições, que se abandonou e abandonou os conselheiros espirituais, a família que lhe era devotada, à procura de um imediatismo inexistente. Entregou-se à preguiça de pensar, julgar-se e aprender.

Ela, no entanto, fora tão abençoada que, para ajudá-la, renasceram em seu meio espíritos que já tinham um nível de abnegação e que conseguiram amá-la e serem fiéis a esse sentimento, mesmo ela não correspondendo.

Em uma compreensão transcendente, esses espíritos nunca desistiram dela, nem quando ela já não acreditava em si.

Eis aqui essa emocionante narrativa.

CAPÍTULO 1

Ainda era preciso tomar uma decisão. Adelaide estava em profunda tristeza e confusão. Amigos espirituais já tinham tentado falar-lhe, enquanto seu corpo dormia e seu espírito estava desdobrado, porém, ela não lhes dera atenção; apenas abraçara um deles e chorara. O que fazer por ela?

Seus amigos tinham um limite de atuação, e ela parecia não querer reagir. Aqueles amigos espirituais sentiam por ela amor e carinho muito grandes. Um amor que já haviam alcançado; um amor mais puro. Adelaide, no entanto, era possessiva, e o que ela sentia não podia ser classificado de amor.

Era um comportamento de posse. Adelaide sentia-se dona do outro, como se o outro fosse coisa e ela uma proprietária egoísta.

Um deles se recordou de quando, há três reencarnações, viveram juntos. Depois, mesmo ela querendo e lhe pedindo muito, ele julgou que não estava preparado e pediu a separação. Não se sentia pronto para, além de ultrapassar suas imperfeições, ajudar Adelaide, que sufocava quem estava à sua volta. Vidas passavam, e, neste ponto, ela não mudava em nada.

Fizera da vida dele, como filho dela, um inferno. Comportava-se como se quisesse colocá-lo em uma gaiola para protegê-lo do mundo, de tudo de bom ou de ruim que pudesse acontecer. Ela continuava agindo assim com todos os seus filhos e com o marido.

Naquela vida, mesmo estando separada do marido, ela nunca deixava de abrir a carteira dele, de vasculhar cada milímetro à procura de um telefone desconhecido, de cheirar as roupas dele ou de buscar um fio de cabelo desconhecido.

Alberto até percebia, mas fingia que não; estava cansado de brigar com a esposa por esse comportamento distorcido, que o magoava muito. Era como ser acusado de ladrão, sem nunca ter roubado nada.

Ele era um homem organizado, e por isso ela nunca encontrava nenhum papelzinho com telefone na carteira dele. Alberto tinha contato com centenas de pessoas, e a esmagadora maioria era composta por homens, pelo tipo de trabalho que desenvolvia: representação comercial. Ele sabia que um telefone perdido podia ser um negócio não realizado. Acontecia até de marcar os números em um papelzinho, mas, assim que colocava a mão na agenda, anotava os dados nela.

Quase todos os dias, Adelaide também vasculhava a agenda de Alberto, nome por nome, e, quando notava um novo — e todos os dias havia contatos novos —, ela ficava avaliando o nome. Se era de mulher, seu coração dava um pulo de ciúme.

Ela acreditava ser discreta, mas para Alberto seus gestos eram escancarados. Ela tentava descobrir algo. Nos últimos anos, Alberto já não lhe respondia mais; dizia-lhe apenas um seco: "Eu conheço quase o mundo inteiro, meu trabalho exige isso".

Com os filhos, ela não deixava por menos. Ricardo, o mais velho, com 17 anos, já brigava feio com a mãe desde quando tinha 14, pois ela também cheirava suas roupas. O rapaz só não

7

percebera ainda que ela abria sua carteira e, quando achava algum telefone com nome de mulher, simplesmente jogava fora, sem se preocupar se aquele contato era importante ou não para ele.

Quando ele percebia essa invasão, a mãe negava o ato. Ricardo, então, brigava com o irmão mais novo, Perseu, de apenas 12 anos. Os dois dividiam o mesmo quarto, e, inocente, Perseu só afirmava que não era culpado.

O comportamento da mãe causava discussão entre os irmãos e criava antipatias. Ricardo ficava com raiva do irmão por ter sua privacidade invadida, crendo que o outro tinha ciúme de ele ter 17 anos e possuir muitas amigas.

Perseu ficava irado, acreditando que o irmão inventava que alguém roubava os números dos telefones de suas amigas, e acusava Ricardo de não ter telefone algum.

— Adelaide! Adelaide! Quando você vai desejar mudar? — perguntava o marido desconsolado.

Sabia-se que isso não era amor, só não se sabia como isso era classificado pela psiquiatria clássica.

***

Magno, o amigo espiritual mais íntimo de Adelaide, perguntava-se: "Se eu tivesse encarnado como filho, marido ou pai de Adelaide, será que não a estaria odiando, como já quase o fiz?".

Apesar dessa aberração de Adelaide, Magno gostava dela e se preocupava com a amiga. Não compreendia esse comportamento, que não parecia ser obsessão de terceiros, pois não era. Aquele comportamento fazia parte das imperfeições que ela teimava em nutrir.

O que mais magoava Magno era o fato de Adelaide simplesmente negar que havia algo errado. Ela afirmava veementemente que o mundo estava difícil e violento e que amar era se preocupar.

Não desse jeito! Amar é doar-se e deixar que o outro tenha suas vivências, ajudando-o nas quedas e dividindo as vitórias, e não agir como Adelaide, que tentava evitar que os filhos tivessem relacionamentos e afetividades.

Nenhuma jovem entraria de mãos dadas com qualquer um dos filhos de Adelaide ou seria bem-vinda, por melhor que fosse. Adelaide tentaria fazer da vida dessa jovem um inferno, como era seu comportamento-padrão em reencarnações anteriores.

Adelaide distribuía preocupação aos amigos encarnados e desencarnados, e esse era o caso de Magno, que, mesmo estando no plano espiritual, temia por ela, preocupado em não ultrapassar o ponto de equilíbrio para ajudá-la.

— Em dúvida ainda? — perguntou um amigo a Magno.

— Muito. Não sei o que fazer. Ela não quer mudar, esse é o problema. Enquanto Adelaide não subjugar essa imperfeição, ficará no mesmo nível. Os amigos estão indo e ela ficando; eu sinto por ela. Não é má pessoa, você sabe, mas essa mania... Se é que posso chamar isso de mania.

— Sei como ela é. E não temos como fazê-la engolir uma mudança. Mas pense... talvez você tenha mais força do que pode avaliar. Só sabemos do que somos capazes quando nos colocamos à prova. Você a ama, é um amigo sincero, e isso já é um bom começo.

— No entanto, não estou imune a sentir raiva, frustração. Da última vez que reencarnamos juntos, ela quase me levou à loucura. Como filho, precisei me afastar dela depois que me casei, pois Adelaide não deixou de ofender minha esposa e nunca demonstrou carinho por qualquer um dos netos. Ela sempre insinuava à minha esposa que eu tinha uma amante. E, para mim, tentava provar que minha esposa era péssima mãe e um desastre como dona de casa. Não havia como ter convívio, então, fui me afastando, afastando, até o ponto de ir visitá-la sozinho poucas vezes ao ano. E, mesmo assim, saía da presença dela sempre arrependido por ter ido vê-la.

Exercitei minha paciência, é verdade, mas não podemos ajudar quem não quer ser ajudado. Esse é meu dilema agora.

O outro sorriu, sem dar sua opinião. Queria que Magno decidisse sozinho e não se deixasse influenciar por sua opinião, já que o respeitava muito.

— Você saberá o que fazer com sabedoria, tenho certeza disso — disse, afastando-se.

Magno questionou-se: "Será que saberei mesmo? Quero ajudar Adelaide, mas ela não acredita que precisa ser ajudada. O marido dela já quis levá-la a um psiquiatra, e apenas a sugestão já foi motivo para uma discussão feia, inclusive com ameaça, da parte dela, de separação. Alberto contornou a situação, contudo, o comportamento de Adelaide está minando há muito tudo que ele sente por ela. E o distanciamento de Alberto é consequência".

A paz e a união, que poderiam reinar naquela casa, sempre eram quebradas por causa de Adelaide, inclusive a de Ricardo e Perseu. Ela, por sua vez, entrava aos poucos em depressão. Sempre fugia para o quarto, com vontade de chorar, contudo, não deixava de comportar-se daquele modo, com tirania.

Mal o marido deixava a carteira em cima da estante e saía de perto, Adelaide a abria. Mal ele tirava as roupas, ela cheirava-as à procura de um perfume diferente, de uma mancha acusadora. Pobre Adelaide! O que Magno, estando do outro lado, no plano espiritual, poderia fazer por ela que já não tivesse tentado? O quê?

CAPÍTULO 2

Naquela noite, mais uma vez chorando por ter sido repreendida pelo marido, Adelaide foi para a cama e demorou para dormir. Magno deu-lhe passes para que se acalmasse.

Quando finalmente ela dormiu, Magno a ajudou a desdobrar-se. Adelaide mal o olhou e ficou observando o corpo do marido que dormia ao seu lado. Mesmo já sabendo o que se passava, seu amigo espiritual perguntou:

— O que foi, Adelaide?

— Ele me trai, sinto que tem outra. Alberto quase não fala comigo. Tem tão pouco respeito por mim que nem reclama mais quando mexo em sua carteira. Diz que sou desequilibrada e o incomodo com minhas manias.

— Seu marido está cansado. Desde os primeiros dias de casado, ele tem lhe pedido que pare de mexer nas coisas dele, pois isso o incomoda. Além disso, você tem mexido também nas coisas de seus filhos, e logo Ricardo descobrirá que quem joga fora as anotações de telefone dele é você. E o que acha que acontecerá? Ele vai detestá-la e Perseu também, pois você permite que o jovem leve a culpa.

— Todos precisam entender que faço isso por amor. Você não sabe o que é viver aqui. Há tentações por todos os lados! Tenho milhões de preocupações em relação a meus filhos. Outro dia, cheirando a camisa de Ricardo, senti cheiro de maconha, por isso vou vigiá-lo na saída da escola.

— Adelaide, converse com ele. Não vá vigiá-lo como se o rapaz fosse um bandido. A preocupação é necessária, principalmente com seus filhos, mas você tem extrapolado. Devia ir a um psiquiatra, como sugeriu Alberto. Tenho certeza de que você não sentiu nada parecido com maconha nas roupas de Ricardo. Não minta para mim para justificar o que faz, e, principalmente, não o calunie desse modo. É ofensivo.

— O quê? Você também quer que eu acabe internada? Não percebeu que ele quer me internar em qualquer sanatório para se livrar de mim e se juntar com qualquer vagabunda?!

— Adelaide, olhe para mim, sinta-me com suas percepções, preste atenção ao que lhe transmito. Nem sequer passou pela cabeça dele algo semelhante. Alberto também anda triste, pois você tem feito da vida de todos um "angu"!

— Não me venha fingir-se de bonzinho! Você não quis nascer próximo de mim, eu me lembro. Se não me ama, o que faz aqui se intrometendo?

— Não me senti preparado e não me sinto ainda. Você é difícil. Sabe que Ricardo tem um carinho grande por você. Aliás, ele é um espírito que já alcançou um bom nível de evolução, mas essa fase de adolescência é difícil. Você o está corrompendo! Pare de fazer isso! Eu lhe imploro!

— Você não tem o direito de implorar nada, pois não vive comigo. Não quis estar, então, não me venha dar opinião!

— Eu estava encarnado até há pouco tempo, mas fora de seu contato e você sabe disso e de meus motivos.

Adelaide andou pelo quarto, seu pensamento estava um turbilhão. Era bom pensar para reavaliar-se, contudo, em vez disso, só procurava na mente fatos para acusar Magno. O que fazer? Pela milésima vez, ele disse:

— Adelaide, você é uma boa pessoa. Esse comportamento a está aterrando e impede que você consiga alçar voos mais altos. Querida amiga, comece a combater. Se acredita que seu filho possa estar fazendo algo de errado, fale com ele, sinta se ele é sincero ou não. Quando tiver o ímpeto de mexer nas coisas dos outros, controle-se, perceba que isso é invasão. Não rasgue coisas que não sejam suas, pois você não sabe a importância delas.

— São de menininhas loucas para tomarem meu filho, e eu nunca aceitarei isso! Nem em mil anos! E não venha me incomodar enquanto durmo!

— Você não tem dormido, Adelaide. Não deixe sua mente perambular por desconfianças infundadas, sendo injusta com os que a cercam. Todos têm se afastado de você, mesmo aqueles que tentam ser seus amigos. Não me obrigue a afastar-me de você, eu lhe peço. Se ordenar, terei de obedecê-la e não quero isso. Quero ajudá-la, mas é preciso que permita.

— Se vier me criticar, suma de vez! De críticas já tenho as de um marido chato, de uma irmã que vive a me acusar de doente e de uma mãe péssima, que não sabe com quem aprendi essas manias.

— Não diga isso de sua irmã e de sua mãe. Sabe que seu marido já quis se divorciar de você devido a esse comportamento e foi ouvindo-as que ele não o fez. E, goste ou não, sua irmã tem razão quando sugeriu e apoiou seu marido a convencê-la de que precisa de um tratamento especializado.

Adelaide disse vários impropérios a Magno e depois começou a chorar. Ela afirmava:

— Ninguém entende meus motivos. Eu me importo com as pessoas que amo. Não quero meus filhos casados com qualquer uma; essas jovens parecem idiotas e vão fazê-los infelizes.

13

— Você não sabe e será um risco a correr. Você quer impedi-los de crescer, como já tentou fazer comigo um dia. Adelaide, você detestava até seus netos! Vai repetir o erro?

— Não quero netos, pois sei que o preço a pagar será o afastamento de meus filhos.

— Que afastamento, Adelaide? Não é afastamento eles morarem em suas casas. O que você quer para eles? Solidão, quando você e seu marido se forem? A vida tem um ritmo: nascer, crescer, se reproduzir, amar, ser amado, ser feliz, ser infeliz em alguns momentos. Querer trancafiá-los em uma redoma, afastando-os do mundo é a mesma coisa que condená-los à infelicidade. Você crê que um presidiário seja feliz?

— Você não compreende!

— Compreendo que você quer burlar as leis universais em nome de seu egoísmo.

— Não sou egoísta! Saia agora! Não quero me lembrar de que estive com você!

Com isso, Magno não teve outra opção e retirou-se. Estava no plano espiritual, quando sentiu Adelaide voltar ao corpo e chorar silenciosamente para não acordar o marido, sentindo-se incompreendida.

Magno sentia uma tristeza enorme pela cegueira de Adelaide e questionava-se repetidamente: "O que devo fazer?".

CAPÍTULO 3

Ricardo gritava:
— Por que você mexe nas minhas coisas, seu moleque idiota?!
— Eu não mexi!
— Mexeu sim e jogou fora o telefone da Mariana! Preciso ligar para ela, pois faremos um trabalho juntos e eu preciso de nota!

Dizendo isso, Ricardo pegou o irmão pelo colarinho, pronto a socá-lo de tanta ira. Perseu estava atordoado. O menino ainda tinha o corpo de criança e seu irmão já tinha um metro e oitenta e era bem mais forte.

Sentindo uma forte energia negativa no ambiente, Magno rapidamente volitou até lá. Adelaide ouvia os gritos, mas não interferia, não ajudava Perseu, mesmo sabendo que ele não tinha culpa.

Ricardo estava pronto para bater no irmão com toda sua força, tal sua ira. O amigo espiritual, então, inspirou-o para que não o fizesse. Ricardo pressentiu a censura, mas ainda ficou alguns segundos com o soco no ar depois de jogar o irmão no chão. Por fim, Ricardo levantou Perseu pela roupa e largou-o com força em cima da cama.

Perseu estava pálido de medo e mal conseguia respirar. Assim que pôde, o garoto abriu a porta e saiu correndo. Ricardo voltou a procurar o telefone por todo o quarto, mentalizando mil acusações contra o irmão.

Assustado, o menino chorava em um canto da sala, acreditando que o irmão só queria uma desculpa qualquer para maltratá-lo, pois ele não fizera nada. Seu desejo era dormir fora daquele quarto, mas não havia outro cômodo na casa que pudesse usar.

Não encontrando de forma alguma o número do telefone de que precisava, Ricardo saiu do quarto batendo com força a porta e fazendo a casa estremecer.

Magno inspirou Ricardo para que o jovem procurasse um colega, pois talvez o outro tivesse o telefone da moça.

Adelaide sentia uma satisfação íntima por ter jogado fora a anotação, sem saber para quê o filho necessitava dela. A mulher não acreditava que a jovem se tratasse apenas de uma amiga da escola.

Vendo o irmão sair, Perseu sentiu-se mais calmo. O garoto esperava o pai chegar para contar-lhe o que acontecera, pois a mãe ouvira tudo e nada fizera, magoando-o profundamente.

Alberto não queria contar aos filhos sobre a mania de Adelaide, pois temia que parassem de respeitá-la e sabia que, estando fora o dia todo, a autoridade dela não podia ser contestada, principalmente naquele momento da adolescência dos filhos, quando a rebeldia era comum. E isso acontece porque, nesse momento da vida, o adolescente começa a enfrentar grandes questões, como renascer em outro momento familiar, social, histórico e político. Até mais ou menos os 12 anos, esse indivíduo recebe novas informações e, então, começa a brotar sua índole.

Quanto mais diferente for esse novo momento em relação à índole, mais conflito esse indivíduo terá. Por volta dos 20 anos, as coisas começam a se encaixar e pode acontecer uma mistura da índole com a nova educação ou a escolha por uma delas. São raros os casos em que a índole já domina a pessoa desde a infância, mas isso pode acontecer.

    Alberto sentiu uma profunda tristeza quando ouviu Perseu relatar o acontecido, pois entendia que o garoto era realmente inocente e fora agredido por palavras e acusações injustas.

    Ele abraçou o filho e afirmou que falaria com Ricardo, mas intimamente se perguntava o que diria ao filho. Pediria que ele nunca mais acusasse Perseu, pois quem fazia aquelas coisas era a mãe deles? Alberto sabia que argumento algum deteria Adelaide, pois ele mesmo já gastara todos os que podia imaginar. Não podia, no entanto, permitir que Ricardo agredisse fisicamente o irmão, até porque Perseu era totalmente inocente.

    Depois do jantar, Alberto convidou Ricardo para saírem um pouco. Os dois caminharam até uma lanchonete próxima, e, lá chegando, pediu um refrigerante para os dois. O rapaz temia ter passado da medida e já possuía na ponta da língua todas as justificativas para defender-se das acusações do irmão.

    O refrigerante chegou, e Ricardo sentiu que havia um constrangimento muito grande no pai, como se fosse ele quem estivesse mexendo nas coisas do filho. Por alguns segundos, o rapaz chegou a acreditar que era mania de Alberto. Depois, lembrou-se de que chegara da escola por volta do meio-dia e que, quando procurara a anotação em sua carteira, já marcava três da tarde no relógio. Nunca poderia ter sido o pai, mesmo tendo acontecido outras dezenas de vezes.

    — Pai, Perseu não pode mexer nas minhas coisas. Fiquei muito irado com ele. Não iria agredi-lo, só queria lhe dar uma lição. Eu precisava telefonar urgentemente, pois tinha um trabalho da escola para fazer e ia passar o texto por telefone. Quando procurei, cadê o número? Ele vive mexendo nas minhas coisas. Já cansei de falar, eu...

17

— Pare, Ricardo. Não foi seu irmão, foi sua mãe quem fez isso. E ela faz isso comigo também. Cheira minhas roupas, procura sinais de não sei o quê. Filho, creio que é uma doença. Já quis levá-la a um psiquiatra, mas ela se nega. Brigou com a mãe e a irmã porque me apoiaram. Não sei mais o que fazer.

O rapaz ficou olhando atônito para o pai, que não o encarava e mantinha os olhos fixos no copo de refrigerante, como se fosse a coisa mais importante do mundo. Ricardo levou alguns segundos para processar a informação, mas não queria aceitá-la.

— Por que ela faria isso? Por que jogaria fora coisas da minha carteira? Ela me viu acusando Perseu e não fez nada.

— O rapaz sentia-se indignado pela tamanha injustiça que vinha cometendo, sempre acusando Perseu.

— Sua mãe está com problemas, só pode ser. Precisamos montar uma estratégia para ela não fazer isso novamente, mas não sei qual. Não deixo telefone algum em papelzinho, ponho logo na agenda escrito à caneta. Sua mãe já apagou os escritos a lápis, e eu perdi negócios importantes. Ela tem me atrapalhado muito e, infelizmente, não quer fazer tratamento algum.

Ricardo só olhava para o pai. Até ali, tinha a impressão de que a mãe dos outros podia ter problemas, mas a dele não. Adelaide era normal em tudo. Ele percebera que ela andava um pouco agitada, que ficava no quarto mais tempo do que deveria, mas isso? Isso não.

— Pai, já tentou levá-la à força?

— Não adianta. Fui com sua tia Jane falar com um psiquiatra — que sua mãe nunca saiba —, e ele me disse que nada pode fazer se ela não quiser melhorar. Por favor, nunca mais acuse Perseu. O garoto está muito assustado, e você foi violento com ele.

— Desculpe, pai. Vou pedir desculpas a ele, mas precisamos fazer algo com mamãe. — Ricardo procurava na mente uma solução, sem entender que não há como ajudar quem não quer ser ajudado.

— Se descobrir de que forma podemos ajudá-la, lhe serei muito agradecido, filho. E Deus me perdoe, mas esconda de sua mãe qualquer telefone de amigo ou amiga.

Ricardo queria entender aquela situação, buscava uma justificativa para aquele comportamento, mas não encontrou, e isso o entristeceu muito.

Os dois acabaram de beber o refrigerante que nem estavam com vontade de tomar. Depois, levantaram-se e, em silêncio, voltaram para casa.

No coração dos dois havia uma tristeza imensa. Em Ricardo o arrependimento, que teria sido maior se ele tivesse socado o irmão como desejara.

Pai e filho entraram em casa silenciosamente. Adelaide estava no quarto, entregue à autopiedade, com a firme ideia de que o mundo todo estava contra ela e não a compreendia.

No quarto, Ricardo viu o irmão encolhido na cama e percebeu o quanto ele era ainda criança. Sentou-se ao seu lado e disse em tom baixo:

— Perseu, me perdoe, se fui violento com você.

— Eu não mexo em suas coisas, nunca mexi.

— Eu sei. Agora eu sei. Me perdoe.

Ante a afirmação do irmão, Perseu voltou-se para ele surpreso e, curioso, perguntou:

— Quem mexeu?

— Eu tinha perdido na rua — mentiu o rapaz para não acusar a mãe, contudo, sabia que mais cedo ou mais tarde, se ela não mudasse, ele ou o pai precisaria contar a Perseu.

Havia acontecido uma quebra nas emoções de Ricardo. As pessoas em quem ele mais confiava eram os pais, e o rapaz não percebera antes que havia falhas neles, ainda mais uma daquele porte. Na mãe nunca mais confiaria.

Magno entristeceu-se. Sabia que era importante para os filhos, em crescimento, confiarem na ideia de que os pais estariam ao seu lado para tudo e não que precisariam vigiar suas coisas, como se dividissem o teto com um larápio.

Alberto, por sua vez, encontrando a esposa assistindo à TV, olhou-a longamente. Adelaide percebeu o olhar, mas não vislumbrou a tristeza expressa. Observou-o rapidamente, procurando sinais de traição.

Ele começou a tirar a roupa e teve vontade de esfregá--la no nariz da esposa para que a cheirasse. Não o fez. Saiu em direção ao banheiro para tomar um longo banho. E, claro, mal Adelaide ouviu a porta sendo fechada, correu para a cesta de roupa suja, que ficava atrás da porta do quarto, e pegou a camisa do marido. A mulher começou a olhar os bolsos e cheirar as roupas, procurando vestígios de traição.

Depois, ainda insatisfeita, procurou a carteira do marido, encontrando-a em cima da mesinha da sala. Adelaide abriu-a e minuciosamente verificou cada divisão, mas, como sempre, nada encontrou. Mesmo assim, não se convenceu e fechou a carteira, por fim, recolocando-a no lugar.

Adelaide correu para a cama e ficou do mesmo modo que antes. Alberto saiu do banheiro, passou pela televisão e a desligou, sem pedir permissão. Fechou a porta do quarto e aproximou-se da esposa, dizendo com ira controlada:

— Você viu que Ricardo quase espancou Perseu? Graças a Deus, ele não o fez.

— Ricardo só o estava ameaçando. Não ia bater, eu sei disso.

— Mesmo que soubesse, devia ter interferido, até porque o garoto é inocente. Ele nunca mexeu em nada de ninguém. Foi você quem jogou o papel com o telefone da garota fora.

— Não pensei que fosse importante — afirmou ela, demonstrando pouco caso.

— Adelaide, pelo amor de Deus, faça um tratamento. Contei a Ricardo que é você quem faz essas coisas. Ele precisava saber.

— Você colocou meu filho contra mim! Ninguém me compreende, por isso estou tão infeliz.

— Cansei de tentar. Acredito que é doença, então, quando quiser tratar-se, estarei pronto a pagar e até a acompanhá-la, se for preciso.

Adelaide virou de lado e começou a chorar por autopiedade. E o que mais doía era que o sofrimento era real e a vontade de manter-se cega também.

— Chore até afogar-se. Não ligo mais para seus fingimentos. Não vai me manipular com suas lágrimas nem criar discordâncias entre meus filhos. Ouviu, Adelaide? — completou Alberto com uma sensação de extrema impotência ante a situação.

Sensação que não era só dele, mas de outros tantos amigos que já haviam tentado tirá-la da imperfeição. Adelaide, no entanto, continuava distribuindo apenas desconfiança, amargor e sofrimento.

21

CAPÍTULO 4

Não era julho ainda, mas o frio começava a se fazer presente. Naquele ano, seria muito intenso. Magno estava sempre preocupado com Adelaide e, de repente, sentiu que ela tremia de frio. Por isso, perguntou-se: "Por quê? Ela tem uma casa decente, agasalhos... Será que está na rua e se esqueceu de levar algum?".

Magno fez contato com Adelaide via sensação e percebeu que o frio que ela sentia era muito acentuado, os pés pareciam gelados. Ele deslocou-se e a viu na rua. Adelaide parecia andar a esmo e vestia roupas leves. As pessoas passavam por ela e olhavam-na, estranhando o modo como estava vestida para aquela temperatura.

Adelaide parecia um tanto alienada e batia os dentes de frio. Ele influiu: "Adelaide, vá para casa. Vá para casa".

Ela não percebeu a influenciação. Intrigado, Magno volitou até a casa de Adelaide. Não havia ninguém. Ele pensou que certamente Ricardo e Perseu estivessem na escola e Alberto no trabalho.

Magno perambulou pelo ambiente para sentir se havia obsessores na casa. Nada. O equilíbrio de Alberto e suas orações sinceras estavam surtindo resultados.

Ele pensou em quem poderia influenciar diretamente Adelaide para trazê-la de volta para casa, já que sua influência sutil não adiantara, e foi aí que se lembrou de Ricardo, que, em vidas passadas, tivera grande mediunidade[1]. Magno só não sabia se ele, aos 17 anos, já a tinha recuperado.

Magno procurou pelo padrão vibracional do garoto e, como já deduzira, ele estava na escola. Volitou até lá e viu que o rapaz estava muito concentrado fazendo uma prova.

Curiosamente, quando Magno surgiu na sala, o professor, que estava atento aos alunos para que não colassem, levantou a cabeça e olhou na direção do espírito amigo. Por reflexo, Magno cumprimentou-o e por um segundo teve a sensação de que o homem devolvera o cumprimento. E só não o fez porque preferiu ignorar a nova presença ali. Todas as percepções mais sutis, no entanto, haviam registrado a presença de Magno.

O amigo espiritual, então, percebeu que não havia o que fazer, a não ser esperar que Ricardo saísse daquela concentração. Ele decidiu voltar a Adelaide, que continuava na rua, andando a esmo e batendo os dentes de frio. Magno tornou a influir a amiga para que voltasse para casa e tomasse um banho quente, contudo, ela o ignorou novamente.

Ele decidiu ficar ao lado dela e tentaria evitar que sofresse algum acidente, pois estava sujeita a isso.

Mesmo a distância, Magno sentiu quando Ricardo terminou a prova e sugeriu que o rapaz fosse até ali. Percebeu quando o jovem saiu ao corredor e alguns colegas o chamaram:

— Ricardo, você foi bem na prova?

— Creio que sim.

— Estávamos esperando por você. Vamos à minha casa estudar para a prova de amanhã.

---
1 Todos nós somos médiuns, em maior ou menor capacidade. A forma mais comum de comunicação entre as dimensões é via sensação.

Ricardo parou de andar e lembrou-se de que combinara isso com os amigos. Magno influiu novamente que Adelaide estava com problemas, e o rapaz, então, repensou, avaliou e respondeu:

— Desculpem, mas preciso ir para casa. Sinto que minha mãe não está bem.

— Você não é médico. Vamos!

— Não. Preciso ir — respondeu Ricardo, apressando-se.

O amigo espiritual olhou em volta, sem saber se aquele local era caminho regular do rapaz para ir da escola para casa.

Magno tentou guiar Ricardo até ali via telepatia. Adelaide andava lentamente, sem olhar em volta, e sua mente parecia em branco. Magno temia que ela atravessasse a rua, que estava muito movimentada.

Pouco depois, o amigo espiritual viu Ricardo virar a esquina como se procurasse alguém. Percebeu que o rapaz se questionava por que estava indo por ali, procurando pela mãe, já que não tinha motivos para estar naquele local. Contudo, assim que a viu, correu em sua direção.

O coração do rapaz estava acelerado pelo susto de encontrá-la ali.

Mal se aproximou, o jovem tirou seu agasalho e vestiu-o na mãe, que só o olhava. Ele perguntou intrigado:

— Mãe, o que faz aqui desse jeito? Está muito frio.

Passando o braço pelos ombros de Adelaide, o rapaz a guiou para casa. Não estavam muito longe, ela apenas caminhara pela calçada.

Adelaide e Ricardo entraram em casa, e o amigo espiritual decidiu permanecer por perto, para ajudar ou, caso fosse preciso, pedir ajuda.

— Mãe, tome um banho quente — pediu o rapaz, que batia os dentes por ter cedido seu agasalho à mãe.

A mulher sentou-se no sofá, ainda sem falar nada. Ricardo estava apavorado:

— Mãe, fale comigo! O que aconteceu?

Adelaide continuava sem dizer nenhuma palavra. O rapaz trancou a porta da sala à chave e colocou-a no bolso. Foi ao quarto da mãe com a intenção de pegar meias, agasalhos e um cobertor para ela.

Ao lado de Adelaide, Magno a influía e dava-lhe passes:

— Adelaide, o que você está fazendo?

Naquele momento, ela tombou no sofá totalmente drogada. A mulher tomara algo e com exagero. Ricardo logo apareceu e viu a mãe caída no sofá. Muito assustado, ele aproximou-se perguntando:

— Mãe, o que você tem? O que sente?

Olhando-a no rosto, Ricardo tentou abrir os olhos da mãe e percebeu que algo estava muito errado. Correu ao telefone e ligou para o pai. Rapidamente, resumiu o que acontecera e descreveu o quadro de Adelaide.

O pai pediu que o esperasse. O rapaz, com muita tristeza no coração, acomodou a mãe melhor no sofá, vestiu-a com roupas mais quentes e meias e depois a cobriu com dois cobertores.

Enquanto isso, o amigo espiritual perambulava pelo quarto, tentando descobrir o que ela tomara, pois sabia que naquela condição o espírito de Adelaide não se desdobraria. Estava muito perturbado para isso.

Magno sentiu que Adelaide tomara calmantes em excesso, e era fundamental que fosse a um hospital. O amigo espiritual influiu isso a Ricardo. O rapaz correu para o quarto, procurando o que a mãe ingerira, e logo encontrou dois frascos de ansiolíticos quase vazios no lixo do banheiro. Ele não sabia se estavam vazios por terem sido tomados de acordo com o receituário, ou se a mãe os ingerira de uma única vez.

Ricardo colocou-os no bolso, olhou para os lados e percebeu sutilmente a presença amiga, invisível aos seus olhos, mas não à sua percepção. Estava ainda muito assustado, voltou para o lado da mãe e, como não podia fazer nada, esperou ansioso pelo pai.

Magno deu-lhe passes para acalmá-lo e fazer a mente do jovem serenar e pensar melhor, com mais lucidez.

Foi uma eternidade até Alberto bater na porta. Ricardo lembrou-se de que a chave estava em seu bolso, levantou-se apressadamente e abriu a porta. Mal viu o pai e já foi dizendo:

— Pai, encontrei isto aqui vazio. Será que ela tomou tudo de vez?

Alberto parecia nem ter ouvido o filho. Ele aproximou-se da esposa e tentou acordá-la com leves tapinhas na face. Adelaide balbuciou algo que ninguém entendeu.

— Adelaide, você tomou algo? O que houve? — e, voltando-se para o filho, continuou: — Ajude-me a carregá-la, vamos levar sua mãe a um hospital. Traga os frascos também, filho.

Com certa dificuldade, os dois a carregaram até o carro de Alberto e a acomodaram no banco de trás do veículo.

Ricardo estava se sentando, quando o pai pediu:

— Preciso que fique aqui, pois seu irmão logo chegará e não terá como entrar em casa.

Relutante, Ricardo desceu do carro, sabendo que o pai tinha razão. Rapidamente, o rapaz abriu o portão e viu o pai sair apressado.

Magno percebera que o batimento cardíaco de Adelaide estava muito baixo e inspirou a informação a Alberto, que se questionava:

— O que deu nela?

Em casa, Ricardo chorava, pois percebera que a mãe tentara suicidar-se, propositadamente ou não.

Magno sabia que Alberto e Adelaide haviam brigado feio, pois ela novamente passara dos limites em sua vigilância cerrada.

Ricardo estava saindo com uma jovem. Não era namoro ainda, mas estava em vias de se tornar. O rapaz fora encontrar-se com a moça no sábado anterior. Adelaide seguira o filho sem que ele percebesse.

Os dois jovens não haviam feito nada de mais. Tinham ido ao cinema e depois ficaram sentados na praça de alimentação do *shopping*, apenas conversando e rindo.

Adelaide ficara o tempo todo escondida, espiando, atenta aos dois. Quando os jovens se separaram, a mulher, sem que o filho visse, encontrou-se com a moça e, agindo como doida, instigou a jovem contra Ricardo. Mentindo descaradamente para a moça, Adelaide afirmou que o rapaz já namorara uma filha sua, a engravidara e a deixara depois. Uma calúnia infame que o moço ainda não sabia que ocorrera. Depois daquele sábado, Ricardo perguntava-se por que a jovem, que frequentava a mesma escola que ele havia anos, nem sequer lhe dirigia mais o olhar, e questionava-se o que tinha feito de errado. Nem suspeitava do que ocorrera.

Alberto, porém, soube do episódio sem querer, pois a jovem comentara o caso com a filha de uma vizinha, que contou para a mãe. A mulher, por sua vez, ao encontrá-lo ao acaso na padaria, falou sobre o assunto com Alberto.

A mulher estava indignada, pois conhecia Ricardo desde os cinco anos de idade e sabia que isso nunca ocorrera. Ela só não poderia imaginar que fora a própria Adelaide quem plantara a calúnia.

Chegando em casa, Alberto comentou com a esposa o que acabara de saber pela vizinha, crendo que fora alguma brincadeira malvada de rapazes, contudo, algo no olhar de Adelaide o fez perceber que, embora negasse, fora ela quem fizera toda a confusão.

Adelaide negara o fato com veemência, mas sabia que não conseguiria enganar o marido. Alberto já a ameaçara de separar-se dela e levar os filhos, caso conseguisse provar que a esposa fora a culpada.

Um pavor brotou em Adelaide, pois provar o ocorrido seria fácil. Era só colocar a jovem cara a cara com ela e seria reconhecida.

Magno, o amigo espiritual, sentia-se ainda mais triste, mesmo descobrindo que a tentativa de suicídio não fora real. Adelaide não queria morrer realmente; queria apenas manipular o marido. Ela só não contava que, tomando os remédios em excesso, se sentiria tão mal.

Ela compreendeu que fora por isso que estava na rua, vestida de maneira inadequada para a temperatura que fazia. Tentara vomitar, mas não conseguira, e esperava estupidamente que o frio diminuísse o efeito da droga, mantendo-a desperta.

Já no hospital, munido das informações que Alberto passara, o médico enfiou um tubo pela boca de Adelaide e conseguiu aspirar apenas uma pequena parte do que ela ingerira. Ela absorvera grande parte do medicamento.

Alberto andava de um lado para outro no quarto do hospital, enquanto a mulher dormia um sono suicida. Magno mantinha-se ali também. Alberto sentia-se inseguro, acreditando que caluniara a mulher acusando-a e que a magoara muito. O amigo espiritual não sabia o que fazer, pois o homem à sua frente estava certo em sua acusação, e era necessário dar um freio às atitudes de Adelaide.

Magno queria falar mais uma vez com Adelaide, mas durante alguns dias sabia que isso seria impossível.

Alberto estava tão apavorado que só se preocupava com a esposa. Magno inspirou-o que telefonasse para casa, pois os filhos do casal estavam muito ansiosos por notícias. Perseu chorava escondido no quarto com medo de que a mãe morresse.

Mesmo relutando, Alberto ligou para os filhos, comunicando-lhes rapidamente que a mãe estava bem, mas sem dar muitas explicações.

Alberto tinha medos distintos: de ter sido injusto com a esposa; de seu julgamento estar errado; e da reação do filho, quando soubesse que a própria mãe mentira descaradamente para difamá-lo.

No quarto, Alberto puxou uma cadeira e ficou olhando para o rosto da mulher, como se pudesse inquiri-la e saber qual a razão de ela fazer coisas tão absurdas.

Sim, ela precisava de ajuda profissional, mas como fazê-la reconhecer isso? Ninguém sabia. Magno já tivera mil conversas com ela, assim como Alberto também tivera. Adelaide era teimosa nessa imperfeição e parecia agarrar-se a ela com tal força que negava tudo o mais. Os amigos espirituais, assim como Alberto e todos que a cercavam, queriam compreender os meandros daquela mente.

Adelaide era gentil, educada, tinha um coração bom, não era capaz de fazer mal a uma mosca, porém, aquele apego, aquela vigilância doentia quase anulava todas as suas outras qualidades, a ponto de fazê-la chegar ao absurdo de difamar o próprio filho.

Um médico entrou na sala e avisou Alberto de que ele teria de prestar depoimento na delegacia devido à tentativa de suicídio da esposa.

Seu constrangimento não podia ser maior, mas entendia que tal procedimento era praxe. Ricardo também precisaria depor, o que fez Alberto segurar as lágrimas. Ele temeu ter de contar a causa da briga que acontecera no dia anterior. Que estragos isso não causaria na relação entre mãe e filho? Quanto o rapaz se magoaria por uma injúria vinda da própria mãe?

Alberto saiu, e Magno permaneceu no hospital. Se um obsessor se ligasse a Adelaide, não haveria outro caminho a não ser um sanatório, pois ele duvidava que ela aceitasse se submeter a um tratamento de desobsessão. Além disso, se não mudasse, Adelaide acabaria atraindo outros e outros obsessores.

Duas enfermeiras entraram no quarto, mediram a pressão de Adelaide e abriram um pouco suas pálpebras pesadas. Uma delas perguntou a outra:

— O que houve? Tentativa de suicídio?

— Sim. Aposto que o marido tem outra. É sempre esse o caso.

Dizendo isso, as mulheres sorriram, divertindo-se. Magno perguntou-se: "Por que parece que algumas pessoas têm o prazer de caluniar? Quando a humanidade perderá esse péssimo costume?".

Uma delas olhou na direção de onde Magno estava e, sutilmente, pressentiu sua censura, pois um desconforto percorreu-lhe o corpo.

Magno mentalizou-a e pediu: "Não faça mais isso, corrija-se".

A mulher, mentalmente, respondeu de volta, sem consciência clara disso: "Desculpe o pecado. Eu nem sequer conheço o marido; não devia ter dito nada". Por fim, fez algumas anotações e saiu.

Magno ficou fazendo companhia a Adelaide. Queria conversar com ela novamente, assim que fosse possível. "Mais uma tentativa", pensou decepcionado. Mesmo assim, percebeu que faria milhões de outras tentativas, caso fosse necessário.

CAPÍTULO 5

Aos poucos, o efeito dos medicamentos que Adelaide tomara foi passando. O corpo não reagia ainda, os músculos estavam muito relaxados pela força química, mas o espírito dela, auxiliado por Magno, conseguiu desdobrar-se.

Adelaide sentou-se na cama e ficou olhando Magno longamente. Ele, então, questionou:

— Por que fez isso?

— Eu quero um modo de fazer meus filhos me obedecerem. Você sabia que Ricardo está saindo com uma garota horrorosa? Só de olhar para a cara dela, vi que é má influência. Sou a mãe dele; preciso tentar tudo!

— Ser mãe não é desculpa para tirania. Deixe seu filho exercer o livre-arbítrio. Caminhamos por lugares que não deveríamos, somos inspirados a não fazê-lo, e mesmo assim temos permissão para agir assim. Crescer, às vezes, dói, Adelaide. A dor é proporcional à resistência. Evite mais dor para você e para os que a cercam.

— E o que você está fazendo aqui? Tentando impedir meu livre-arbítrio de defender meu filho?

— O aconselhamento, Adelaide, é o caminho. Você poderia ter morrido e não vai sair impune dessa falsa tentativa de suicídio. Sei que não queria realmente morrer, apenas chantagear Alberto e Ricardo. Quanta tirania, mulher!

Adelaide parou de olhar para Magno, levantou-se da cama e começou a andar pelo quarto. Seu cordão de prata estava viscoso, e novamente Magno lamentou.

— Preciso fazer algo! Preciso salvar meus filhos das garras dessas jovens doidas para pegar homem.

— Pensou isso de você também?

— Claro que não!

— São só jovens tentando encontrar seus parceiros, e não há diferença entre as necessidades afetivas de hoje e as de ontem. A família é a base da sociedade; um filho precisa de pai e mãe, mesmo que um dos dois não assuma a responsabilidade, o que é lamentável. Tudo tem duas forças no universo, e é isso o que dá o equilíbrio, Adelaide.

Ela ignorou-o e continuou:

— Você não sabe, mas as moças de hoje são vulgares, extremamente vulgares.

— Sempre houve vulgaridade e sinceridade. Combata esse sentimento de que as pessoas que a cercam são suas e que você as têm de controlar com mão de ferro. E outra coisa! Nunca mais tente me chantagear desse modo. Você pode morrer mais cedo do que o previsto e vai sofrer muito por isso. Suicídio é algo muito grave, ainda mais por um motivo como esse. E será suicídio, mesmo que alegue depois que foi sem querer.

— Por que ninguém me compreende? Mas tenho certeza de que Deus me compreende!

— Acorde, Adelaide! Quando todo mundo diz que você está errada, é porque está errada. Preste atenção, reavalie-se.

— Não o quero comigo! Você não me apoia, então, pode ir embora. De inimigos estou cheia!

— Que inimigos? Você está cercada de amigos que se importam, e de modo algum a ajudaremos a enterrar-se. Não a quero enterrada no erro, mas não posso impedi-la, apenas aconselhá-la. É assim que as coisas funcionam. Siga o exemplo. Se crê que algo está errado, fale com Ricardo, mas não interfira obrigando-o, até porque ninguém obriga ninguém a nada. Tentando dominá-lo, você pode despertar nele a falsidade, a mentira, e será culpada por isso também.

Adelaide virou-se e calou-se, Magno queria dar-lhe passes, mas percebeu que ela não queria. Ele transmitiu:

— Você difamou seu filho de forma absurda. Já pensou em como ele se sentirá quando souber? Já pensou na desilusão e na dor que ele sentirá? Você se comportou como inimigo, não teve escrúpulos.

— Você não compreende! Ninguém me compreende. Tenho o direito de fazer qualquer coisa!

— Não, não tem. O que você fez foi absurdo, absurdo!

— Quem lhe pediu opinião? Acaso não tenho livre-arbítrio? Não é você mesmo quem me diz isso?

— E o dos outros? Seu filho também tem direito a escolhas, nunca se esqueça disso. Seu direito acaba quando começa o do outro.

— Então, o que você está fazendo aqui, se intrometendo? Saia! Vá embora!

Magno retirou-se muito triste, sentindo-se de mãos e pés atados. Adelaide era como um cego que bate a cabeça no poste e não quer que ninguém o ajude a caminhar nos lugares que não enxerga. Magno levava consigo também outra preocupação. Como reagiriam marido e filhos dali em diante? O respeito e a confiança haviam sido quebrados ali.

Alberto conflitava entre manter-se completamente indiferente à esposa, separar-se dela e levar os filhos consigo e tentar compreender do que Adelaide se queixava. Ele sabia que a esposa queria engaiolar a todos com aquele comportamento, como se fossem coisas inanimadas, sem vontade e liberdade próprias.

33

Magno não sabia mais o que fazer. Desejava ardentemente que ela pegasse o caminho mais curto e não aquele com muitas pedras, paus e espinhos, contudo, sabia que era somente a lei de ação e reação agindo. Amenizando a ação, a reação também é amenizada, afinal, ninguém nasce para sofrer. O objetivo dessa dinâmica é apenas o aprendizado. O sofrimento por si só não é útil a nada nem a ninguém.

***

Três dias depois, Adelaide saiu do hospital com o aconselhamento do médico para que fizesse um tratamento psiquiátrico. Mesmo com a insistência do marido, não houve quem conseguisse fazê-la ir ao menos ao psiquiatra. Adelaide ainda saiu com raiva de todo mundo daquele hospital: dos que a haviam tratado e de médicos e enfermeiros que ela nem sequer vira.

Quem a ouvisse falar sobre o hospital teria a sensação de que fora internada por sádicos, que só queriam torturá-la com indiferença. Pobre Adelaide!

Em casa, ela chorou muito, mas não de arrependimento. Aproveitando o pesar de Ricardo, tentou fazê-lo prometer-lhe que jamais se casaria.

O moço olhava-a longamente, sem entender, enquanto ela discursava contra todas as moças, classificando-as pejorativamente. O estômago de Ricardo contraiu-se, deduzindo que a mãe sentia por ele mais que um amor de mãe.

Magno inspirou o jovem de que não se tratava disso. Tratava-se de um sentido de propriedade em seu mais escandaloso nível.

Quando Ricardo novamente pediu, de forma amorosa, que a mãe procurasse um psiquiatra, Adelaide pulou em cima do filho e parou de chorar imediatamente. Ela começou a dizer que desejava que o rapaz tivesse algum tipo de aleijão para que ninguém o desejasse e ele fosse obrigado a ficar confinado em casa, sem correr o risco de amar alguém e ser correspondido.

Com a força física que já tinha, Ricardo segurou os pulsos de Adelaide, tremendo de horror e perguntando-se: "Quem é essa mulher, que até ontem era amorosa? Como se transformou desse modo?".

Percebendo que não podia enfrentar o filho fisicamente, Adelaide gritou tão forte que sua voz ressoou pela casa inteira:

— Se pensa que vai se casar, esqueça! Não quero nenhuma vulgar aqui!

Finalmente, vendo que não chegariam a uma solução, Ricardo, desgastado emocionalmente pela briga, começou a dar forma a um pensamento: sair de casa, morar sozinho. Ele, no entanto, não estava preparado emocionalmente e financeiramente, e mil pensamentos ruins começaram a brotar em sua mente, vindo de muitos cantos, inclusive de más influências, que aproveitavam o momento de ódio.

O rapaz saiu de casa batendo a porta, atravessou a rua irado e nem sequer olhou se vinha carro, arriscando-se. Ricardo andou muito e, quando finalmente se sentiu cansado, sentou-se em um banco de praça. Queria urgentemente ganhar dinheiro para poder sustentar-se e não pensava que estaria também abandonando o pai, a quem respeitava e amava muito.

A alguns metros dele, Ricardo viu um traficante conhecido no bairro, e uma ideia pareceu-lhe boa. O jovem até chegou a sorrir, pensando que ali estava toda a solução de seus problemas.

Já de volta ao plano espiritual, Magno pressentiu uma mão ruim a acenar para o jovem e percebeu que a boa índole de Ricardo podia temporariamente ser sufocada, e o preço a pagar seria alto. Recomendou em pensamento que o rapaz não fosse falar com o traficante, mas, alterado emocionalmente como estava, o rapaz não pressentiu a influência.

Chegando perto do traficante, que se tratava de um adolescente um pouco mais velho que ele, Ricardo olhou-o longamente com todos seus instintos funcionando, a mesma reação de um animal temeroso:

— E, aí, cara?! O que quer?

— Falar com você.

— Eu não falo com estranhos, não! Só vendo. Quer comprar? Mostre a grana primeiro. Não faço fiado.

— Cara, eu queria entrar nessa. Tô precisando entrar nessa.

— Não tá pensando em descolar meu ponto, tá? Cara, eu não vou deixá não. Sô da pesada.

— Não é nada disso. As coisas lá em casa estão ruins, e eu preciso de grana para cair fora.

O traficante sorriu com certo prazer. De alguma forma aquele rapaz lhe causava inveja. Era como se Ricardo estivesse limpo, e ele, sujo.

Até ali, Ricardo realmente era limpo de alma e nunca fizera mal a ninguém. Magno via que muitas más companhias invisíveis do traficante esperavam a "carniça" como urubus, então, transmitiu a Ricardo: "Saia daí enquanto é tempo. Não destrua sua vida por causa das insanidades de sua mãe. Ricardo, ouça-me. Não faça isso".

Ricardo olhou para trás, como se procurasse alguém, e depois se voltou novamente para o traficante. As péssimas companhias sorriram para Magno, como se estivessem tirando no braço de ferro a posse de Ricardo — e eles ganhavam facilmente. O traficante disse com prazer:

— E, aí, cara?! Você não pode vender, sem experimentar!

Ricardo se viu tentado a provar, e Magno, por sua vez, sabia que a regra era "quem vende não consome". Por isso, transmitiu: "Não! Ricardo, não".

A dúvida apareceu nas emoções do rapaz, que tornou a olhar em volta e colocar as mãos que tremiam nos bolsos. O traficante aproximou-se mais, e Ricardo percebeu que um cheiro ruim parecia vir dele, embora o rapaz à sua frente não estivesse sujo.

— Vamo, carinha! Cê já é homem, não pode ter medo de uma coisinha dessa! — disse o traficante, tirando um papelote do bolso e colocando discretamente no bolso da camisa de Ricardo. — Passa pra mim dez paus. Já disse, não faço fiado.

— Tá. Tá bem — disse Ricardo, pegando a carteira.

Magno estava aflito. Entrar naquela vida era fácil, o difícil era sair. Era como se condenar sem ainda ter feito nada. Era como voltar atrás na evolução. Ele transmitiu novamente a Ricardo: "Não, Ricardo, não. Você já sabe todos os prejuízos que isso vai causar a você. Eu lhe imploro, não".

Magno transmitiu a Ricardo a imagem de jovens caídos nas calçadas, drogados, decadentes, perdidos para sempre, com um acúmulo de miasmas que levariam vidas para sanar.

A dúvida surgiu acentuada em Ricardo. O outro ainda esperava a carniça fresca como urubu. O traficante sabia que era uma dose hoje, outra amanhã e depois a escravidão, pouco se importando com o morto-vivo de amanhã.

Ricardo sabia exatamente quanto tinha na carteira: quinze reais. Magno tentava com todas as influenciações possíveis impedi-lo de dar aquele mau passo. O rapaz titubeou, dizendo:

— Me lembrei de que saí de casa sem dinheiro. Vou buscar e volto depois — mentiu Ricardo.

Imediatamente, o traficante tirou do bolso do rapaz o papelote e, para humilhá-lo, o xingou de frouxo.

Ricardo saiu apressado. Ainda pensou em voltar e comprar a droga, mas novamente Magno o influiu. Até o amigo espiritual estava ansioso e com medo. Algumas decisões em

37

segundos mudam completamente o rumo de uma vida, para o bem ou para o mal.

Voltando a pensar na mãe, Ricardo notou que ainda não queria ir para casa e lá deveria ser o lugar mais seguro para se ficar.

Adelaide era culpada por levar o filho àquele desequilíbrio. Era como se estivesse ajudando a condenar o rapaz a uma morte precoce e infame.

O rapaz olhou a hora. Faltava muito tempo para o pai chegar, e ele sabia que apenas a presença do progenitor impediria a mãe de incomodá-lo.

Ricardo foi a uma lanchonete e, para passar o tempo, pediu um refrigerante. Lembrou-se de que deveria estar em casa estudando, pois tinha uma prova de química no dia seguinte.

O amigo espiritual influiu que o rapaz fosse para casa e que não saísse do bom caminho por nada. Ele bebeu o refrigerante apressadamente e retirou-se.

Chegando em casa, Ricardo tentou entrar sem que a mãe o visse, mas ela estava atenta e falou bem alto para Perseu:

— Chegou o ingrato! Você também é ingrato! Todos são!

O garoto a olhava estranhando e perguntou-se: "Do que ela está falando?".

Alberto, para não preocupá-lo, não dissera ao filho mais novo o motivo de a mãe ter estado no hospital.

Sentindo o mau humor da mãe, Perseu saiu de perto dela e foi para a casa da vizinha brincar com um amigo da mesma idade.

Ricardo entrou no quarto, pegou os cadernos e os livros e jogou-os em cima da mesa de estudos. Por fim, o rapaz sentou-se ainda em dúvida se deveria ou não voltar e comprar a mercadoria do traficante.

Magno percebeu que o rapaz poderia fazer isso a qualquer momento, então, preferiu ficar ali para tentar impedi-lo. O amigo espiritual criou um campo energético para impedir que más influências dominassem a mente de Ricardo, e pouco depois o rapaz conseguiu concentrar-se na matéria escolar. Magno pensou: "Bendito seja o trabalho! Bendito!".

Adelaide estava na cozinha e flutuava emocionalmente, ora crendo que Deus a abandonara, ora crendo que Deus lhe dera uma missão especial.

No início da noite, Alberto chegou e sentiu o clima em casa. Foi para a cozinha e perguntou à esposa se ela estava bem, mas Adelaide o olhou de alto a baixo com certa desconfiança. Passou-lhe pela cabeça que ele havia estado com outra mulher.

Alberto seguiu até o quarto dos filhos e estranhou o silêncio. Abriu a porta devagarinho, chamando a atenção de Ricardo, que o olhou:

— Tudo bem, filho? Onde está Perseu?
— Tudo bem. Brincando com Júnior.
— Vou chamá-lo, já está tarde. O que está fazendo?
— Estudando. Tenho uma prova de química amanhã.
— Estude, filho. Este é o caminho, é o único caminho certo — disse, fechando a porta atrás de si.

Ricardo ficou pensando no que o pai dissera. A ideia de sair de casa já não lhe martelava tanto a cabeça, porém, sentia o perigo rondando.

Com Alberto em casa, Magno volitou para o plano espiritual, pois, embora aqueles amigos ali fossem sua prioridade naquele momento, tinha sua vida para tocar.

39

CAPÍTULO 6

Pressentindo que Adelaide entrava novamente em agitação profunda, Magno parou o que estava fazendo para sentir melhor o que ocorria e questionou-se: "O que posso fazer, se ela não deseja mudar?". Talvez, aliviar-lhe a agitação, mas sabia que isso seria temporário. Magno não conseguiria dar-lhe suporte energético pelo resto da vida. Mesmo pensando assim, volitou até ela e deu-lhe passes para harmonização. Adelaide, por fim, dormiu, desdobrou-se e viu-o lá. Grosseiramente, perguntou:

— Você não sai mais daqui?

— Eu não estava aqui, mas a senti muito agitada e quis ajudá-la.

— Se quer me ajudar, dê um jeito em meu filho Ricardo. Nós discutimos.

— Por quê discutiram?

— Ele está de caso com uma vagabundinha.

— Você nem conhece a jovem, Adelaide. Como pode dizer isso dela?

— Não preciso conhecer para saber!

— Adelaide, pare! Mesmo que no passado essa jovem tenha lhe feito alguma coisa, o que não acredito que seja o caso, você tem a obrigação de lhe dar uma chance.

Adelaide olhou-o de alto a baixo e disse:

— Tenho me lembrado de sonhos com você, mas não conto para ninguém.

— Não é importante contar. Importante é prestar atenção ao que lhe digo.

— Decidiu ser meu dono agora?

— Dono? De forma alguma. Você é quem tem tentado ser dona dos seus filhos e do seu marido. Posso lhe fazer uma sugestão?

Ela deu de ombros.

— Procure um lugar onde possa trabalhar fazendo algo mais do que ser dona de casa.

— Sei que ser dona de casa é um trabalho humilhante, mas não sei fazer mais nada.

— Eu não lhe disse isso. De forma alguma, o trabalho doméstico é humilhante. Dar educação e amor é um dos trabalhos mais responsáveis e sublimes, mas creio que, se você se dedicasse a algo mais, cresceria espiritualmente.

— Eu não tenho profissão.

— Podia ser voluntária em algum lugar e...

— Está louco?! Quer me fazer trabalhar de graça? Já basta o tanto que trabalho aqui. E se Ricardo não está feliz aqui, que vá morar em outro lugar!

Mais uma vez decepcionado, Magno ficou observando-a. O rapaz já pensava nisso e só o que o impedia de fazê-lo era a falta de dinheiro.

— Adelaide, preste atenção. Respeite a individualidade de seus parentes. Se não consegue fazer isso sozinha, procure um profissional que a ajude.

— Não preciso de um profissional! Psiquiatra é para loucos, e eu não sou louca! Apenas me preocupo demais.

— Você acredita que seja normal alguém tentar cometer suicídio só para exercer tirania?

— Não queria morrer; queria apenas assustá-los um pouco. Desejava que me dessem valor.

— Eles lhe dão valor, só não são máquinas.

— Já falei para Ricardo que, se ele voltar a se encontrar com aquela "zinha", está fora.

— Depois da calúnia que você inventou, a moça nem o olha na cara. Você diz que ama seus filhos e seu marido, que faz tudo por eles, mas trata seu filho dessa forma e o coloca para fora de casa.

— Para fora de casa, não! Quero-o comigo, mas sem aquela "zinha".

— Pare de pensar nisso. Outra coisa! A moça tem nome, não tem? E você nem sabe se é uma paixão passageira, Adelaide! Ele só tem 17 anos.

— O pepino se torce de pequeno! E saia daqui! Se não veio para me dar razão, saia daqui!

O amigo espiritual ficou olhando-a longamente e perguntou-se: "Por que esse bloqueio mental é tão forte? Em que ponto a personalidade de Adelaide se distorceu tanto?".

— Vamos, saia! Já disse para sair!

Magno apenas fez um aceno de cabeça e retirou-se, sentindo-se mais chateado ainda.

Mal chegou ao plano espiritual, viu Ricardo lá. Conversou com o rapaz longamente, pedindo que de forma alguma chegasse perto do traficante. O rapaz, contudo, alegou o que Magno já sabia: que precisava de dinheiro para sair de casa.

Magno ficou olhando-o e pensando que todos sempre tinham uma desculpa na ponta da língua para entrar naquela vida. Entravam acreditando que teriam o controle na palma da mão e que sair era tão fácil quanto entrar. Não é. Não é de modo algum, mas Ricardo já sabia disso. Alberto conversara inúmeras vezes com os filhos sobre drogas, e Magno não conseguiu pensar em nenhum outro argumento que Alberto já, sabiamente, não tivesse usado. Por isso, deduziu: "Nada como ver para crer". E disse:

— Espere um pouco. Vou pedir ajuda para levá-lo a alguns locais, e você verá o resultado de tal grave deslize. Não importa a desculpa.

Magno procurou por um dos amigos no plano espiritual que trabalhava há muito como socorrista. Ele teria conhecimento e experiência para guiá-los.

Aproximando-se novamente de Ricardo, Magno apresentou o amigo e saíram. Jonildo disse:

— Não se descuidem! Esses seres continuam perturbados e ligados aos perfis psicológicos a que pertenceram quando encarnados.

Logo chegaram a uma praça, o mesmo lugar onde Ricardo vira o traficante e conversara com ele. Havia lá desencarnados contorcendo-se e gemendo, com seus perispíritos poluídos, viscosos e deformados. Ricardo perguntou, horrorizado:

— Ninguém faz nada por eles?

— Tentamos, e como tentamos, porém, eles se recusam. Têm um apego muito grande ao vício. Alguns morreram de overdose, são esses os mais deformados. É isso que a droga faz: destrói as pessoas no presente e no futuro.

— Deve haver alguma coisa a ser feita — dizia Ricardo chocado.

— Meu rapaz, nossa liberdade de ação cessa quando eles nos dizem um redondo *não*.

— Duvido! Vocês é que não fazem nada! — afirmou inconformado.

Ricardo afastou-se dos amigos espirituais e aproximou-se de um ser que estava deitado na grama, com a mão no chacra digestivo, gemendo. Amorosamente, o rapaz perguntou:

— O que posso fazer por você?

43

— Vá se danar! Pensa que é melhor do que eu só por estar assim, "anjinho"?

A agressividade e ironia surpreenderam Ricardo, porém, ele insistiu:

— Não! Não penso nada de você, pois nem o conheço. Quero apenas ajudá-lo.

— Ora! Se quer me ajudar, me dê uma dose. É só isso que eu quero. E uma das bem grandes!

— Não posso fazer isso e, mesmo que pudesse, não faria. Estaria o envenenando ainda mais.

O ser, mesmo contorcido de dor, xingou-o de muitos palavrões. Ricardo estava chocado. Os amigos espirituais apenas o olhavam, desejando que ele compreendesse o quanto era grave e se estendia aquele erro, causando distorções absurdas em todas as realidades de um espírito viciado.

Voltando para perto dos amigos espirituais, Ricardo disse ainda horrorizado e incrédulo:

— Ele se contorce de dor e não quer alívio; quer apenas mais uma dose.

— É uma ideação, obsessão à droga, Ricardo. Também lastimamos muito, mas você sentiu o quanto é difícil. Não existe o "goela abaixo". O livre-arbítrio é um muro, uma linha divisória. Muitos espíritos socorristas vêm aqui, mas só podem tentar convencê-los a querer ajuda. Alguns viciados levam muito mais tempo, pois se enganam crendo que experimentam prazer na carne pelas drogas. Esse prazer, no entanto, deixa de existir, e eles se tornam escravos, por isso querem sempre mais, mais. Depois de desencarnado, não existe mais nada a fazer, a não ser, cedo ou tarde, aceitar ajuda. Olhe bem para eles, Ricardo. A escravidão continua e não é fácil sair dela.

— Estou chocadíssimo. Foi um momento de loucura que me assolou. Não sei como não experimentei, pois a curiosidade foi grande. Minha mãe me enlouquece.

Saíram dali. Ricardo deduzia que ele não era privilegiado e que todos tinham conselheiros espirituais, então, como explicar o fato de caírem em erros absurdos? Imaturidade? Teimosia? Imediatismo?

Magno acompanhou Ricardo até a casa dele e ajudou-o a reacoplar-se ao corpo. Queria que aquela experiência ficasse bem marcada em sua mente e por motivo algum o rapaz pensasse novamente em envolver-se com drogas, agredindo sua índole, que era tão boa. As tentações, contudo, são muitas, e o mal explora as fraquezas.

O amigo espiritual sabia que Adelaide era páreo duro para aguentar, e, novamente, Alberto já estava pensando em separar-se dela. Ninguém, contudo, podia se meter nisso, já que ela quebrava todas as promessas que fizera antes e depois de nascer. Adelaide não ouvia nada nem ninguém.

CAPÍTULO 7

Ricardo acordou com as lembranças claras do que vira. O rapaz sentou-se na cama e, olhando a hora, pensou: "Onde estive?".

Magno ainda estava ao lado do rapaz e transmitiu-lhe sutilmente: "Em lugares reais, onde seres reais estão por vontade própria e totalmente entregues aos vícios. Seres que se tornaram escravos e esqueceram-se de que há mais motivos para existir".

A resposta foi perfeitamente compreendida pelo moço, que sorriu e questionou novamente: "Eu nunca pensaria em uma resposta dessas. Foi meu anjo da guarda quem a transmitiu? Você está aqui agora?".

"Estou, mas não sou anjo da guarda. Classifique-me apenas de amigo", tornou Magno.

"Quanto quem trafica é culpado pelas desgraças alheias?", Ricardo perguntou.

"Quem trafica tem todas as culpas de um homicida."

"Um viciado já não tem tendências viciantes e não se viciaria em qualquer outra coisa, caso não houvesse a heroína, por exemplo?"

"Talvez", respondeu Magno. "Às vezes, um viciado apenas experimenta um momento de fraqueza; em outras, carrega certa tendência e desvirtuamento de caráter, mas nasceu para vencê-los. Quem trafica pega essa pessoa pela mão e o trancafia no vício. É como seduzir alguém a matar-se. Até na lei dos homens isso é chamado de cumplicidade."

"Entendo. Agora entendo. Percebo que o traficante se aproveita de um momento de fraqueza, como eu o tive, por exemplo. Eu quis muito, queria lhe contar."

"Eu sei, Ricardo. Entendi sua perturbação, por isso o inspirei aos perigos e levei-o aos abismos onde estão as almas viciadas."

"Eu agradeço muito, pois esse pensamento ainda havia permanecido em mim. Não aguento mais minha mãe. O que mais desejo é sair de casa para ter paz."

"Sua mãe tem um problema de personalidade muito grave e já arrasta isso por muitas vidas, sem conseguir dominar-se, como alguém viciado. Ricardo, lide com Adelaide como alguém que tem desvios de personalidade e que é muito limitada, pois é o que ela é. Exerça sua paciência sem permitir que sua mãe o domine. Tente ignorar os atos dela e de forma alguma mude o rumo de sua existência. Você tem boa índole. Não a agrida só porque tem raiva."

"Poderei contar com você sempre que o desânimo e o desespero vierem?", questionou Ricardo.

"Todos os seres do mundo podem contar com seus amigos espirituais quando necessitarem. Eu estarei ao lado de todos vocês, caso me permitam."

"Fale com minha mãe. Quem sabe ela não muda?", Ricardo pediu.

"Tenho falado com ela, Ricardo. Mil vezes tenho falado, mas é um problema que sua mãe não quer resolver ainda. Pense nela como alguém que se viciou e que não consegue se libertar. Pense nela como aqueles seres que você viu deformando-se cada dia mais, mesmo tendo a cura ao alcance da mão. A queda é sempre fácil, Ricardo. O levantar-se é o que exige esforço."

Ricardo levantou-se da cama, sentindo uma alegria infinita por perceber que se comunicava telepaticamente com um amigo espiritual. Magno também estava muito feliz, pois o rapaz possuía grande mediunidade e não tinha preconceitos, mesmo que sua cultura espiritual de outras eras ainda não tivesse aflorado.

Adelaide bateu na porta com força, gritando:

— Acorde! Está na hora de ir para a escola. Não ouviu o despertador?

O relógio não tocara. O rapaz o desligara enquanto conversava com Magno, temendo que o som do despertador interrompesse aquela comunicação.

— Preciso ir para a escola.

— Vá. O aprendizado é a única forma de libertar nossa alma do cativeiro da ignorância.

— Estou muito feliz em saber que tem alguém do outro lado que se importa comigo.

— Não só com você, Ricardo. Todos os seres têm amigos de todos os lados. Amigos que, muitas vezes, nem sequer conquistaram, mas que compreendem suas limitações, assim como peço que faça com sua mãe.

— Vou tentar. É só o que posso prometer.

— Já é um começo. Tenha um bom-dia e paciência.

Ricardo sorriu. Estava muito feliz, pois tinha certeza daquela comunicação telepática. Magno saiu enviando-lhe um fluxo de carinho, que alcançou o rapaz de forma intensa, pois ele estava aberto a recebê-lo. O amigo espiritual precisava ir; tinha sua vida e seus compromissos.

Infelizmente, logo depois Magno percebeu que o bem-estar do rapaz se dissipava. Adelaide gritava com o filho por qualquer coisa sem importância, mesmo que Ricardo nada tivesse feito para merecer ser insultado.

***

Magno procurava Adelaide novamente, para convencê-la a se desviar daquele curso de comportamento. Ela, no entanto, desdobrada, fugia dele como o diabo foge da cruz.

Ricardo estava exercendo sua paciência de muitas formas, mas Alberto se preocupava com o fato de os filhos estarem sendo criados por uma mãe que não os respeitava e que, em nome da "responsabilidade", lhes invadia a privacidade. Adelaide já começara a fazer isso com o filho mais novo, Perseu, que se aborrecia vendo a mãe vasculhar seus cadernos. A mulher fazia isso não para checar as lições, mas para verificar se não havia bilhetinhos de garotas e outras coisas que surgiam em sua mente desvirtuada.

Alberto chegou do trabalho e olhou preocupado para a esposa, que parecia mais ansiosa do que nunca. Mal ele entrou em casa, Adelaide olhou longamente para a pasta do marido, que sorriu com tristeza. Comumente, aquela pasta ficava no escritório, porém, como acontecia algumas vezes, ele viera direto de uma reunião com um fornecedor.

Adelaide parecia não poder esperar para colocar as mãos no objeto e vasculhar todos os seus cantinhos. O marido pensou desconsolado: "Só pode ser doença, mas ela não quer tratamento... O que posso fazer, Deus? O quê?".

Ricardo também sentiu o olhar da mãe e pensou em detê-la, pois sabia que aconteceria uma briga entre seus pais.

Alberto foi direto para o quarto e, com medo de Adelaide rasgar algum documento importante, tentou esconder a pasta em cima do guarda-roupa, onde a esposa não tivesse acesso fácil. Em seguida, foi tomar um banho rápido.

Mal ouviu o chuveiro ser ligado, Adelaide largou o jantar que fazia, apagou o fogo e correu para o quarto.

No corredor, esbarrou em Ricardo. Não vira o filho, tal era sua fixação mental.

O rapaz olhou longamente para Adelaide. Ouvia também o barulho do chuveiro e era fácil adivinhar o que a mãe ia fazer. O jovem bloqueou a passagem de Adelaide, dizendo:

49

— Mãe, preciso conversar com você.
— Agora não!
— Precisa ser agora!
— Não, Ricardo! Agora não!
— Sei que está fazendo o jantar, mãe. Vou ajudá-la, enquanto conversamos.
— Não! Já disse que não! — gritou ela irada.

Mesmo assim, o rapaz pegou-a pelo braço e disse firme, mas educadamente:

— Controle-se! Não mexa na pasta do papai. Não quero que o deixe irado.
— Eu não ia fazer isso. Juro que não ia.
— Então, vamos para a cozinha.

Adelaide olhava para o filho. A compulsão falava alto, e ele sabia disso, por isso passou a mão pelo ombro da mãe e a fez voltar para a cozinha, mesmo contra sua vontade. Lá, ele tornou a pedir-lhe que procurasse um especialista, pois aquele comportamento não era normal.

Irada e frustrada — pois àquela altura o marido já terminara o banho —, Adelaide achava que o melhor momento passara.

Ricardo continuava falando, mas a mãe não o ouvia. Adelaide avaliava que o marido iria dormir e que, assim que ele pegasse no sono, examinaria cuidadosamente o que havia na pasta.

Mal ela pensou nisso, Ricardo avaliou que o melhor seria pedir a pasta ao pai, guardá-la dentro do seu quarto — como já haviam feito antes — e dormir de porta trancada para a mãe não invadir o cômodo.

Vendo que Adelaide não lhe prestava a mínima atenção, Ricardo parou de falar e saiu da cozinha. O jovem foi direto ao quarto dos pais, bateu de leve na porta e entrou. O pai se vestia, e ele foi logo dizendo:

— Pai, onde está a pasta que o senhor trouxe?
— Por quê?

— Vou guardá-la no meu quarto e pretendo dormir de porta fechada para a mãe não xeretar nela.

— Toda vez é a mesma coisa, quando venho direto de uma reunião. É um inferno não ter privacidade em minha própria casa! Não há o que esconder! Se houvesse, eu não traria a pasta, mas temo que sua mãe rasgue qualquer coisa que ela não entenda. Tudo ali é importante! E pior! Minha agenda também está lá. Sua mãe está na cozinha?

— Sim.

Alberto subiu no banquinho da penteadeira, pegou a pasta com a ponta dos dedos e, puxando-a, entregou-a ao filho. Ricardo pegou a pasta, deu uma olhada no corredor e, não vendo a mãe, deu uma corridinha até seu quarto. Colocou-a em cima do guarda-roupa, encostou a porta e voltou à cozinha para vigiar Adelaide, que estava tão nervosa quanto um drogado que precisa de mais uma dose.

Ricardo observava a mãe, pensando somente em como auxiliá-la, mas era impossível ajudar quem não queria ajuda. Jesus afirmava quando curava as pessoas: "A tua fé te curou"[2]. Essa fé era a vontade de curar-se.

O corpo sempre apresenta distúrbios físicos quando o espírito que o habita está desequilibrado. Naquele momento, por causa da ansiedade, Adelaide tinha as mãos trêmulas. A mulher estava com vontade de jogar todo o jantar no lixo e empregar sua atenção à pasta.

Prestando atenção na mãe, Ricardo quase podia sentir o que se passava com Adelaide e sua compreensão ampliou-se. Ele, no entanto, não a estimulava a entregar-se àquele vício.

Depois do jantar, Adelaide alegou estar com dor de cabeça e foi para o quarto. Alberto e Ricardo entreolharam-se com cumplicidade, cientes do que ela queria fazer.

Adelaide procurou a pasta embaixo da cama, dentro do guarda-roupa, em cima dele, atrás das cortinas da janela

---

2 Marcos 5:20-34.

51

e, embora fosse impossível guardá-la ali, procurou o objeto até embaixo do colchão.

Cada vez mais irada, Adelaide sentou-se na cama e perguntou-se: "Onde está a pasta?". E começou a procurá-la novamente em todos os lugares. Tinha vontade de desmontar tudo, como se sua vida dependesse de revirar aquele objeto.

A mulher repetia para si que vira o marido entrar no quarto com a pasta. Foi ao banheiro, mas lá não havia um local onde pudesse esconder o objeto, pois se tratava de um cômodo pequeno, sem móveis.

Adelaide foi, então, tomada pela certeza de que a pasta estava na sala, mas todos estavam lá naquele momento e ela não poderia procurá-la no cômodo.

Saindo do quarto, abriu a porta do quarto dos filhos bem devagar, deu uma rápida olhada embaixo das duas camas e tentou olhar em cima do guarda-roupa, mas não viu nada. Perseu entrou no cômodo e perguntou:

— O que você está procurando, mãe?

— Roupas sujas. Você e seu irmão largam as roupas em qualquer lugar.

— Não é verdade, e a senhora sabe disso.

— Perfeito! Todos vocês são perfeitos! Só eu tenho problemas, só eu! — gritou ela, descontrolando-se.

Ricardo cochichou com o pai:

— Ela não vai dormir esta noite.

Alberto não disse nada e apenas deu um longo suspiro de decepção.

Adelaide queria gritar com todo mundo e obrigar o marido a entregar-lhe a pasta para que examinasse. Parecia-lhe que o mundo todo não entendia suas necessidades e, novamente, ela pensou em se vingar de todos, vê-los apreensivos e sentindo-se culpados. Ela procurou comprimidos para tomar, mas não havia nenhum. Ricardo colocara os medicamentos dentro de seu guarda-roupa, pois entendia que a mãe tentara o primeiro suicídio como forma de retaliação, mas que poderia, inconsequentemente, tentar outras vezes e passar da medida em uma dessas, embora não desejasse morrer.

Não encontrando nada para tomar, Adelaide foi até a cozinha e, perdendo o controle, deixou de ser discreta. Passou a abrir e fechar as portas dos armários batendo-as fortemente. Alberto levantou-se pesadamente, foi até a cozinha e perguntou:

— O que procura desse jeito, batendo as portas?

— Estou morta de dor de cabeça e não encontro comprimido algum, mas sei que tenho aqui. Todos vocês querem me matar.

— Foi você quem já tentou isso.

— Com uma família dessas, quem não teria motivos para desejar a morte?

Ricardo quis chorar, ao notar que uma nova discussão se iniciava. O jovem desligou a televisão e foi para o quarto, pegou um dos analgésicos que guardara e levou-o até a cozinha, dizendo:

— Se queria um comprimido para dor, por que não me pediu, mãe?

— Eu disse que estava com dor de cabeça! E quem é você agora? Decidiu ser meu dono?

— Com uma suicida em casa, remédios não podem ficar espalhados por aí! — gritou o marido, retirando-se.

Ricardo não gritava, apenas mantinha a mão estendida com o remédio. Adelaide só olhava. Não queria tomar o comprimido; queria cuspir na mão do filho e mexer na pasta.

Vendo que a mãe não pegava o comprimido de sua mão, Ricardo colocou-o em cima da mesa e pediu:

— Mãe, controle-se. Se não consegue sozinha, vá se tratar.

Adelaide queria xingar o filho, mas parecia vir dele certo domínio pelo olhar. Mesmo assim, a mulher pegou o comprimido, abriu a lata de lixo e jogou-o lá dentro com força, como forma de ofender o rapaz e tirá-lo do controle.

53

Ricardo rogou pelo seu amigo espiritual, pois já estava com vontade de gritar com a mãe. O pensamento do jovem voou pelo universo como um raio, e Magno, sentindo o pedido de ajuda, enviou-lhe rapidamente um fluxo de energia tranquilizante. O rapaz acalmou-se e pediu pacientemente:

— Mãe, use o bom senso. Eu posso acompanhá-la a um médico.

— Psiquiatra, você quer dizer! Não vê que seu pai quer me internar em um manicômio qualquer e ter todas as amantes do mundo?

— Se quisesse, ele já as teria, mãe. Não é uma esposa e uma certidão de casamento que impedem isso. Meu pai apenas não tem essa índole.

Adelaide queria xingar o filho, colocar sua frustração para fora, mas Ricardo parecia uma rocha de tranquilidade e isso a intimidou muito. Mesmo assim, ela ainda deu uma agulhada:

— Você está se tornando um homem, o que posso esperar? Já anda saindo com...

— Mãe, pare de ofender quem você não conhece.

Muitas ofensas fluíam no cérebro de Adelaide, mas era como se Ricardo pudesse calar-lhe a boca com o olhar.

Incomodada, ela saiu de perto do filho e voltou ao quarto. Irado, Alberto tentava concentrar-se em um jornal, sentindo que a mulher estava a ponto de pegá-lo pelo colarinho e obrigá-lo a entregar-lhe a pasta.

Magno também enviava fluxos de tranquilidade para Alberto, mas não conseguia com a mesma eficiência que alcançava Ricardo, pois Alberto só tinha um pensamento: separar-se de Adelaide, e, se isso acontecesse, ela estaria ainda mais perdida.

A irmã não iria querê-la por perto, pois já passara maus bocados com Adelaide, quando ainda moravam com os pais.

Alberto acomodou-se para dormir e logo pegou no sono. Adelaide levantou-se, foi para a sala e pôs-se a procurar pelo objeto.

Não o encontrando, voltou para a cozinha e começou a procurar a pasta compulsivamente nos mesmos lugares e nem sequer reparou que a noite passava e ela não dava descanso ao corpo, que necessitava de repouso.

Alberto acordou e encontrou-a na sala. O cômodo estava todo revirado, e ele sorriu satisfeito, sem nada dizer. Foi à cozinha, que também estava revirada, e fez um café instantâneo. Depois, sem que a esposa visse, entrou no quarto dos filhos, pegou a pasta e saiu sem se despedir.

A mulher sentia-se esgotada, frustrada, e tinha certeza de que o diabo fizera um encantamento para que não encontrasse a pasta. Por ter cochilado no sofá, Adelaide sentia o pescoço doer, então, exausta, foi para a cama.

Ricardo levantou-se também, procurou a mãe pela casa e encontrou-a dormindo no quarto. Não a chamou.

O jovem atravessou a sala e lastimou o estado em que tudo ali se encontrava. Parecia que um vendaval havia passado. Entrou na cozinha e teve a certeza de que a mãe passara a noite acordada procurando a passa, o que muito o entristeceu.

Ricardo arrumou rapidamente o que estava espalhado e chamou Perseu. Os dois irmãos tomaram leite amornado, comeram alguns biscoitos e saíram.

Ricardo ia preocupado, pois pensava que, quando a mãe acordasse, poderia encontrar os remédios e voltar a tomá-los só por retaliação. Por isso, mentalizou Magno e pediu que tomasse conta dela.

Há muito Magno tentava ajudá-la. Mais uma vez, enquanto o corpo de Adelaide dormia e seu espírito estava liberto, o amigo espiritual tentava convencê-la a fazer qualquer coisa. Sempre há mil caminhos de cura, mas ela continuava

55

apenas preocupada com a pasta, que o marido já levara de volta ao escritório.

***

O telefone tocou, e Adelaide imediatamente se acoplou ao corpo e se levantou. Magno ficou olhando-a, enquanto ela atendia à ligação. Era alguém vendendo alguma coisa. Ela simplesmente xingou a pessoa e bateu o telefone. Sentia-se deprimida e, em vez de começar seu dia, deitou-se novamente na cama. Não sentia mais sono, contudo.

O único pensamento de Adelaide era o de que, dentro daquela pasta, o marido tinha cartas de amantes. Magno sorriu tristemente. Com a invenção do telefone e de *e-mails*, qual amante escreveria cartas e para quê?

Magno tentou fazer esse pensamento fluir até Adelaide, mas ela estava bloqueada. Ele intuiu que o chamavam no plano espiritual, onde ele participava de um grupo de estudos.

O amigo espiritual fluiu para lá, mas mesmo assim se manteve ligado mentalmente a Adelaide. Caso houvesse qualquer alteração mais forte no padrão vibracional da mulher, ele rapidamente perceberia.

Enquanto se deslocava, Magno pensava em Ricardo, que estava na escola e muito preocupado com a mãe. Magno mentalizou-o e enviou-lhe passes de calma a distância, avisando-o de que ela ainda estava na cama.

***

Magno não sabia quanto tempo se passara na Terra. Ele estava em um debate sobre um assunto contraditório, quando sentiu um turbilhão vibracional incomodando-o. O amigo espiritual pediu licença e deslocou-se para perto de Adelaide, percebendo rapidamente que o turbilhão vinha dela.

E lá estava ela, aflita, procurando comprimidos, querendo mais uma vez agir em retaliação ao marido. Adelaide batia as portas dos armários com ira e chegou mesmo a pensar em tacar fogo na casa com ela dentro. Aquele raciocínio, no entanto, era fragmentado, pois não lhe passava pela mente as consequências, as queimaduras que lhe causariam dores, o sua morte precoce e que tudo ali dentro viraria cinzas. Seu único pensamento era que Alberto se sentiria culpado e que, daí em diante, a obedeceria como um robô, sem alma ou vontade própria.

Magno tentava dar-lhe passes de calma e mostrar-lhe as consequências de seu ato, mas não estava conseguindo. Mal compreendeu sua incapacidade, ele viu-se cercado de mais três espíritos amigos, que, sem questionarem nada, se juntaram a ele adensando fluidos.

Eles perceberam que Adelaide nem sequer se alimentara, que ainda estava com roupas de dormir e que sentia um ódio mortal por Alberto, apenas por ele ter levado a pasta sem que ela tivesse a oportunidade de procurar por algo que o condenasse.

A forte influência acabou alcançando Adelaide, que se sentou exausta. Os amigos espirituais influíram-na a alimentar-se, então, ela olhou para o fogão e pensou em deixar o gás vazar à vontade.

Os amigos espirituais influíram-lhe as dores das queimaduras e desta vez conseguiram obter sucesso. Adelaide arrepiou-se de medo e preferiu fazer um suco de laranja, que tomou de um gole só.

Mal acabou de tomar o suco, Adelaide voltou a procurar os comprimidos. Não sabia onde Ricardo os escondera, mas ele o fizera muito bem, pois ela não os encontrou.

Adelaide trocou-se, pensando em ir à farmácia. Olhou a bolsa e viu que tinha dinheiro. Os amigos espirituais não sabiam o quanto ela podia comprar.

Magno resolveu segui-la sozinho até a farmácia. Já que ele e os outros amigos espirituais não conseguiam impedi-la, quem sabe o farmacêutico tivesse um maior nível de mediunidade e pudesse ajudá-los?

Quando Adelaide entrou na farmácia, Magno aproximou-se rapidamente do gerente e fluiu:

— Essa senhora está perturbada. Não lhe venda nada.

O homem captou o pensamento, levantou a vista da lista de preços que analisava e olhou diretamente para Adelaide. Ao notar que ela falava com um balconista, o gerente levantou-se rapidamente e, aproximando-se, foi logo falando ao funcionário:

— Gilberto, recebi um memorando. Não podemos vender nada sem receita médica.

O rapaz olhou-o surpreso, pois ele sabia que alguns remédios mais simples eram vendidos sem receita. O funcionário olhou novamente para o chefe e disse:

— Ela só quer uma caixa de analgésico para dor de cabeça.

Magno influiu ao rapaz que o chefe estava certo. O balconista não sentiu a sugestão de forma sutil, pois tinha uma mediunidade mais acentuada, e logo percebeu que o pensamento não vinha de si. O rapaz olhou em volta, depois para Adelaide e reparou que algo estava muito estranho nela, mas não era dor. Sorriu dizendo:

— Tem razão, eu havia me esquecido. Senhora, não podemos vender nenhum medicamento sem receita. É melhor falar com seu médico.

— Mas é apenas uma dor de cabeça! Eu sempre compro esse analgésico aqui — observou a mulher com indignação, alterando a voz.

— Não podemos vender mais. E se a senhora tem tido essa dor de cabeça constantemente, é urgente que procure um médico, pois pode não ser uma coisa simples.

Adelaide olhava para eles sem entender o que estava acontecendo e percebia que havia algo de errado. Era como se alguém os tivesse avisado sobre o que ela pretendia fazer.

Pensou na outra farmácia e que precisaria andar por quase vinte minutos. Adelaide tentou novamente usar de todas as artimanhas de que dispunha, mas os dois foram firmes, dando crédito às suas percepções.

Adelaide olhou em volta, pensou em pegar qualquer coisa ao acaso e sair correndo, mas percebeu que seria facilmente alcançada e que ainda poderia parar na cadeia.

No caminho para casa, Adelaide tecia os piores pensamentos que podia, como tacar fogo na casa, mas, desta vez, sem ela dentro e sentiu certo prazer em imaginar o marido chegando e encontrando a casa em cinzas.

O amigo espiritual influiu-lhe para que ela pensasse onde moraria e transmitiu-lhe a imagem dela e dos filhos na rua, como mendigos. Adelaide arrepiou-se e parou de pensar naquela possibilidade.

Quando estava quase chegando a casa, encontrou com uma vizinha que lavava a calçada. A mulher desejou-lhe um bom-dia, e Adelaide comentou irada:

— Você não imagina o que me aconteceu! Fui à farmácia e não quiseram me vender uma caixa de analgésico.

A vizinha já ia dizer que aquilo era um absurdo, quando se lembrou de Alberto contando-lhe, em segredo, sobre a tentativa de suicídio da esposa. Sorriu dizendo:

— Se quiser um, posso lhe arranjar.

Adelaide sorriu, pedindo:

— Me dê uma caixa, e depois eu reponho.

— Não compro caixas, Adelaide. Tenho apenas um ou dois apenas por prevenção.

Adelaide quis xingar a vizinha e pensou: "Para que servem um ou dois, sua idiota?".

59

Polidamente, Adelaide sorriu e afastou-se, caminhando em direção à sua casa e mantendo-se em estado de ansiedade.

Em casa, Adelaide voltou a procurar os medicamentos em todos os lugares. Era como se Ricardo tivesse conseguido tornar os remédios invisíveis.

Magno lembrou Adelaide de que seus filhos logo chegariam da escola e que estariam com fome. O amigo espiritual sentiu que ela não queria fazer nada, mas lhe influiu que o trabalho era uma ótima terapia. Magno continuou a influir-lhe, e finalmente ela começou a colocar roupa suja na máquina de lavar, voltando-se, assim, para o trabalho e esquecendo-se um pouco de sua obsessão.

Conceição, a vizinha de Adelaide, entrou em casa apressada, pegou sua agenda, procurou o telefone de Alberto e ligou para ele no escritório, relatando o acontecido.

A ligação da vizinha tirou o sossego de Alberto, pois ele receberia um cliente importante em menos de cinco minutos. O homem já o esperava na recepção, e ele não podia simplesmente dispensá-lo, pois o prejuízo seria grande.

Naquele momento, Alberto decidiu separar-se de Adelaide. Não gostava de viver naquela agonia e deduziu que já aguentara o suficiente naqueles anos de casados.

Alberto avaliou que os filhos já estavam crescidos. Ricardo era quase um homem e os três poderiam viver muito bem sem a possessividade de Adelaide.

Mesmo no plano espiritual, Magno sentiu os pensamentos de Alberto flutuarem em volta de Adelaide. Rapidamente, ele mentalizou Alberto. Queria falar-lhe, mas não era o momento. Alberto entregara sua mente à total atenção aos negócios, e desses negócios dependia a sobrevivência da família.

***

Ricardo chegou em casa e foi procurar a mãe. Ao vê-la, acreditou que ela estava bem. Depois, discretamente, foi para o quarto, procurou os remédios que escondera e notou que Adelaide não os encontrara. Ele mentalizou um agradecimento ao amigo espiritual.

Magno pensou em avisar a Ricardo que a mãe não estivera bem, mas qual a utilidade isso teria? A situação já passara.

Logo depois, chegou Perseu. O garoto foi direto para o quarto e, ao encontrar o irmão, comentou:

— Fui à biblioteca da escola hoje.
— O que foi fazer lá?
— Jura que não vai contar para o papai?
— Juro.
— Ver livros sobre loucura.

Ricardo ficou surpreso, parou o que estava fazendo e olhou para o irmão, questionando:

— Para quê?
— Nossa mãe está ficando louca, e eu queria saber como ajudá-la.

Com vontade de abraçar o irmão e dizer-lhe que não precisava preocupar-se, Ricardo retrucou:

— Nossa mãe não está louca! É apenas um pouco de neurose.
— Não é não! Veja! Até anotei o que ela tem.

Ricardo queria olhar o papel que Perseu tirara de dentro do caderno, mas não desejava que o garoto ficasse preocupado. E sorriu minimizando:

— Ela é xereta demais, só isso.
— Mamãe tentou suicídio, Ricardo! Não quero minha mãe suicida.
— Ela não vai tentar mais. Não se preocupe.

Vendo que Ricardo não pegava o papel, o garoto tornou a guardá-lo no caderno, colocou-o em uma gaveta e saiu do quarto.

Ricardo quis abrir a gaveta, pegar o caderno do irmão e ler atentamente o que fora copiado, contudo, não o fez. Percebeu que não queria aceitar que a mãe sofria de qualquer loucura, pois, para ele, era algo que não tinha cura, e o que ele mais desejava era que Adelaide estivesse bem.

Magno não sabia como classificar Adelaide, não conseguia dar um perfil ao termo loucura. Para ele, Adelaide apenas tinha uma imperfeição acentuada, e talvez alguns psiquiatras a classificassem de paranoica.

Ele lembrou-se de uma das existências de Adelaide, em uma era em que viviam juntos. Adelaide não sabia ler ainda — pois a leitura era apenas acessível a nobres e a alguns privilegiados — e, encontrando nas coisas de Magno muitos manuscritos, causou-lhe a morte ao tirar esses papéis de onde estavam guardados e sair com eles, procurando quem os lesse para ela e divulgando, assim, segredos de Estado.

Fora horrível. Magno morrera precocemente, sem conseguir terminar um trabalho importante em que estava envolvido: libertar da prisão pessoas que divergiam politicamente de um dos poderosos e influentes magistrados.

Magno permaneceu inconformado por anos, com uma sensação de fracasso, principalmente por não ter percebido que ela, como sua mãe, tinha uma imperfeição tão acentuada, colocando em risco tantas vidas, inclusive a do filho. Mesmo assim, parecia que ela nada aprendia. Pobre Adelaide!

CAPÍTULO 8

Ricardo, como era esperado em sua idade, estava novamente de namorico com uma jovem e já a levara ao cinema algumas vezes. Alberto e Perseu sabiam do relacionamento, mas nada contaram a Adelaide, temendo seu ciúme.

O rapaz estava feliz. A jovem era uma colega de classe, e os dois ficavam juntos durante o intervalo, conversando, trocando ideias e fazendo planos para o fim de semana.

Não era nada sério, era coisa da juventude. A moça era um pouco mais jovem que ele, e planejavam cursar a universidade. O relacionamento, naquele momento, não tinha consequências maiores, e os dois jovens nem sequer pensavam em se casar.

Adelaide soube por um conhecido, cuja filha estudava no mesmo colégio de Ricardo, sobre o namoro. Ela o encontrara na rua, e, enquanto conversavam, o homem deixou a notícia escapar.

O homem não percebeu a reação de Adelaide, que já mentalizou uma jovem interesseira, entrando em sua casa como esposa de Ricardo, grávida, fazendo-o enterrar a necessidade de fazer um curso universitário.

No dia seguinte, Adelaide ficou à espreita na saída da escola, sem que os filhos a vissem. Ela viu quando Ricardo saiu de mãos dadas com a moça. O casal conversou ao portão por alguns minutos e se despediu com um leve beijo na boca.

A raiva que Adelaide sentia era insana. Seu amigo do plano espiritual tentou intervir, argumentando que aquele tipo de comportamento era normal na idade dos jovens. Quantos namorados ela mesma não tivera?

Adelaide, no entanto, estava fechada a qualquer aconselhamento, e Magno intimamente sabia que não deveria se meter. Ela voltou para casa de táxi para chegar antes do filho, que seguia a pé junto com Perseu e com outros vizinhos que estudavam na mesma escola.

Mal entrou na cozinha, Adelaide colocou o avental e começou a fazer o almoço, mas tinha somente a imagem da jovem na mente.

Ricardo entrou na cozinha, cumprimentou a mãe e, vendo-a atrasada nos preparativos do almoço, começou a ajudá-la, lavando a salada e assobiando bem baixinho uma música romântica.

Adelaide tinha vontade de apertar-lhe o pescoço. Olhava-o de relance, querendo gritar, proibi-lo de ver a jovem, mas se conteve novamente.

Almoçaram em paz, e, depois, Ricardo e Perseu retiraram-se para seus quartos para estudar. Preferiam ficar trancados a ter a mãe por perto, que, como nitroglicerina, explodia de um segundo para outro, sem motivo algum.

Como todo jovem apaixonado, Ricardo ligou para a namorada e pediu ao irmão para ver onde a mãe estava. Perseu voltou pouco depois, afirmando que ela estava na lavanderia.

Ricardo falava baixinho com a namorada, quase sussurrando, pois a porta estava aberta. "Graças a Deus, ela está distraída", pensavam eles, porém, mesmo fazendo o trabalho que lhe cabia, ela só buscava na mente um modo de impedir aquele namoro.

Adelaide não ouvia os bons conselhos vindos do plano espiritual nem sua própria censura. A mulher passou a vigiar Ricardo, tentando descobrir onde a jovem morava. Ela deduziu que, se ela estudava na mesma escola de seus filhos, sem dúvida, morava no bairro.

Menos de dois dias depois de tê-los visto à porta da escola, Adelaide descobriu onde a jovem morava e já trazia na mente um plano macabro.

Inventando desculpas para os filhos, a mulher passou a ausentar-se de casa e conseguiu, depois de algumas tentativas, cruzar com a jovem sozinha na rua.

Adelaide novamente planejara caluniar o filho, mas sentiu uma censura dentro de si vinda de seu amigo espiritual. A mulher bloqueou-a, cegando-se às consequências.

Ela aproximou-se da jovem e foi logo dizendo:

— Sei que está namorando um rapaz chamado Ricardo.

A moça parou, olhou-a bem e pensou: "Nem a conheço. O que pode lhe interessar?".

— Eu conheço esse rapaz. Ele é péssimo caráter, não se iluda com aquele modo educado. Ele já engravidou uma jovem e a abandonou.

A jovem, sem poder esconder sua desilusão, perguntou:

— Nunca soube disso. Eu e ele estudamos juntos há muitos anos.

— Escondi essa vergonha, não quero que minha filha seja difamada. Mas não quero que outra jovem passe pelo que ela passou. Não se iluda com ele, é péssimo caráter. Aproveitador.

O estômago da jovem contraiu-se e ela sentiu vontade de vomitar. Rapidamente, Adelaide retirou-se, deixando a moça chocada, parada na calçada.

Adelaide voltou para casa como se nada tivesse acontecido e não comentou nada com ninguém. Ela não reparara, contudo, que a moça a olhava diretamente, tentando sentir se aquilo era verdade e se a conhecia de vista.

Magno já havia tentado de tudo para dissuadir Adelaide de cometer aquele absurdo novamente; da primeira vez, Ricardo não ficara sabendo, mas Alberto não toleraria a segunda vez.

A moça, pega de surpresa, ficou tão decepcionada que nem fez as compras que a mãe lhe pedira. Ela voltou para casa chorando, sem dizer a ninguém o que acontecera. Justificou-se dizendo que se sentia mal, o que era verdade.

Dividida entre o sentimento que nutria por Ricardo e o medo de que ele a prejudicasse, preferiu acabar o namoro e foi sincera, narrando ao rapaz o acontecido.

Escandalizado e decepcionado, Ricardo negou, questionando-se quem inventaria uma calúnia daquelas e o porquê. Ele, então, pediu a jovem que descrevesse quem era a misteriosa mulher.

A jovem, que observara muito bem a mulher, descreveu-a em detalhes, inclusive como estava vestida. Ouvindo a descrição, a imagem de Adelaide se fez na mente do rapaz, que sentiu como se tivesse sido atingido por uma punhalada.

O amargor que Ricardo sentiu foi tão grande que se transformou em dor física, o que o fez quase cair em pranto na frente da moça, ali mesmo, perto do portão da escola.

***

O dia estava confuso no plano espiritual. Havia acontecido um acidente com muitos mortos, e todos estavam ocupados no socorro. Magno sentiu a aflição de Ricardo, que o chamava. Podia se comunicar com ele a qualquer distância, mas Ricardo acreditava que precisava ter o amigo espiritual próximo de si.

Magno observou à sua volta e pensou que não podia simplesmente virar as costas no meio daquela confusão de seres chorando, gritando ou tentando se apegar a corpos que não respiravam mais. Ele, então, mentalizou que Ricardo aguardasse um pouco e, quando percebeu que não faria mais tanta falta ali, pediu licença e retirou-se. Magno volitou até a casa de Adelaide, onde já havia um tumulto horrendo. Ricardo fazia as malas e dizia a Perseu.

— Vou morar na rua, mas aqui não ficarei. Nada dá a ela o direito de fazer o que fez.

Magno aproximou-se de Ricardo, adensando seu perispírito ao máximo que podia para que o rapaz o sentisse, mas a atenção de Ricardo estava dispersa, entregue à raiva. De tão assustado, Perseu olhava para o irmão sem conseguir pensar em nada.

Magno pensou em influir Perseu, mesmo que ele fosse apenas uma criança, e mentalizou: "Peça para Ricardo esperar o pai. Agarre-se a ele se for preciso, mas não o deixe ir".

Perseu até pressentiu o pensamento, mas não o traduziu em palavras ou ação. Magno tinha certeza de que Alberto não estava na casa e que nem sabia o que havia acontecido. Ricardo continuava:

— Nunca mais quero ver essa senhora! Como pôde dizer à minha namorada que sou um mau caráter?! Que já engravidei moças! Minha própria mãe!

Magno sentiu um calafrio. Ricardo descobrira o que a mãe fizera e o que ele faria se soubesse que era a segunda vez?

O amigo espiritual adensou ainda mais seus pensamentos e tentou influir diretamente a Ricardo que esperasse pelo pai, contudo, a mente do rapaz estava um turbilhão. Ele nem sequer havia pensando que precisava de um lugar para ir; queria apenas sumir dali.

Magno pensou em todos os parentes de Ricardo, perguntando-se quem daria abrigo ao rapaz. Lembrou-se, então, de um irmão de Alberto, que poderia ajudar o sobrinho naquele momento.

Tentou influir a Ricardo o nome do tio e novamente o rapaz não pressentiu.

67

Magno não tentou influir Adelaide a pedir perdão ao filho, pois ela sempre ficava cega quando se entregava àquela imperfeição. A mulher acreditava que tinha razão, mesmo difamando o filho daquela forma escandalosa.

Magno refletiu um pouco e chegou à conclusão que só havia uma forma de resolver a questão: ir até Alberto, mesmo sabendo que ele tinha uma mediunidade ainda não desenvolvida. O amigo espiritual deslocou-se rapidamente até Alberto, que estava concentrado em alguns papéis. Novamente Magno adensou seus pensamentos o máximo que pôde, contudo, não conseguiu interferir na mente concentrada de Alberto.

O amigo espiritual olhou ao redor, avaliando a situação e compreendeu que precisava de ajuda urgentemente. Se Ricardo saísse de casa, poderia se perder para sempre. O ódio sempre é um mau conselheiro.

Magno viu um senhor de meia-idade e reconheceu nele um nível de mediunidade muito bom. Focou-se nele e pediu que dissesse a Alberto para telefonar para casa.

O pensamento surgiu na mente do homem, que ficou avaliando um pouco. Depois, ele sorriu, crendo que era bobagem pensar aquilo.

Novamente, Magno influiu o mesmo pensamento ao homem, que, poucos minutos depois, decidiu levantar-se e caminhar, mesmo ainda em dúvida, até a sala de Alberto. A porta estava aberta, mas ele ainda bateu de leve anunciando-se. Sorrindo, ele comentou:

— Desculpe incomodá-lo, Alberto, mas curiosamente passou pela minha mente um pensamento que nem parece ser meu.

Sem muito interesse, Alberto perguntou:

— Que pensamento?

— O de que é urgente que ligue para sua casa — avisou o homem, um tanto desconfortável.

Alberto ficou surpreso e olhou para o telefone. Magno aproveitou que ele tirara a atenção do relatório e tentou influir-lhe a necessidade. Alberto agradeceu, afirmando que ligaria mais tarde. Magno influiu o senhor novamente:

— Mais tarde não. Agora. Alberto, por favor, ligue agora.

— Obrigado — afirmou Alberto nitidamente dispensando o outro, que ficou olhando-o, como se quisesse ter certeza de que o colega faria o que lhe fora sugerido.

Magno percebeu que Alberto precisava decorar algumas partes daquele relatório e não conseguira ainda.

Intrigado, Alberto pegou o telefone um tanto contra sua vontade e, ainda olhando para o colega que aguardava, comentou:

— Não deve ser nada, mas vou ligar mesmo assim.

A única coisa que Alberto pensava enquanto discava o número era que não queria ser interrompido, mas o colega ainda o observava da porta, como a cobrar-lhe: "Faça agora!".

Assim que atenderam à ligação, o colega retirou-se. Perseu ouvira o telefone e correra para atender antes da mãe. Intuitivamente, o garoto sabia que era o pai.

De tão nervoso que estava, Perseu até gaguejava. Alberto estranhou e questionou o filho, muito preocupado.

— Perseu, por que está tão nervoso?

— A mãe e Ricardo brigaram. Ele vai embora. Pai, Ricardo fez as malas!

O coração de Alberto deu um pulo de tão agoniado e afirmou:

— Diga a ele para não fazer nada e que me espere. Não posso sair daqui agora, mas, assim que acabar a reunião, irei para casa. Perseu, fale com seu irmão.

— Pai...

— Vá, Perseu! E me ligue de volta se ele insistir em não me esperar!

69

Perseu desligou o telefone e foi correndo falar com Ricardo, que estava quase ao portão. O garoto dizia aos trancos, entre lágrimas:

— Ricardo, papai ligou e pediu para que você o esperasse.
— Para quê?
— Espere! Espere! — gritou o garoto aflito.

A essa altura, Magno já chegara ao local. Ricardo estava em dúvida se esperaria o pai ou não, mas concluiu, por fim, que o pai nada podia fazer. O jovem olhou para o portão e imaginou uma ótima vida, sem a presença da mãe.

Magno influiu-lhe os perigos das ruas, sem uma casa que o abrigasse, e a fome que sentiria, mas não o alcançou. Perseu insistiu:

— Ricardo, papai já está vindo para cá — mentiu o garoto desesperado.

Ricardo amava o pai, mas perdera o respeito por julgá-lo sem autoridade em relação à mãe. Acreditou que nada mudaria e que pioraria cada dia.

Perseu tornou a insistir. Magno percebia que Adelaide olhava tudo, escondida pela janela da cozinha, e mentalizava: "Se for para vê-lo com qualquer 'zinha' por aqui, que vá agora. Suma! Filho ingrato!".

Pensar em influir Adelaide era pura ficção. Magno aproveitou aqueles momentos de dúvida de Ricardo, se esperaria ou não o pai, e lhe deu alguns passes para acalmá-lo.

O rapaz resolveu esperar o pai e entrou novamente na casa, deixando a mala à porta da sala, como se ela ali fosse a segurança que precisava para ir-se.

De coração apertado, Perseu seguia-o como um cãozinho aflito. Os dois irmãos entraram no quarto, fecharam a porta e lá ficaram. A mente de Ricardo não parava um segundo. O amigo espiritual continuava a dar-lhe passes. Queria que dormisse um pouco para ter a chance de falar-lhe.

Isso não aconteceu, pois Ricardo estava com muita raiva. O que a mãe fizera ia e vinha em sua mente, mantendo-o alerta. Como reagiria Alberto quando soubesse? Magno nem sequer conseguia avaliar e temia muito.

Já anoitecia quando Alberto chegou. Estava irado, pois não se saíra bem na reunião. Justamente por estar preocupado com o filho, não conseguiu concentrar-se. Quanto mal Adelaide espalhava!

Ao vir a esposa, Alberto intimou-a para que narrasse o acontecido. Em vez de lhe contar a verdade, ela apenas criticou a namorada do rapaz e a afirmou que a moça a injuriava.

Alberto nem sabia que o filho estava de namorico novamente, mas rapidamente deduziu o acontecido.

— Você inventou mentiras a respeito de nosso filho novamente, Adelaide? — perguntou Alberto em tom baixo e ameaçador.

Adelaide desviou o olhar, calada. Com força, Alberto jogou no sofá a pasta que tinha nas mãos, reprimindo a vontade de jogá-la na esposa. O homem virou as costas transtornado e foi procurar os filhos.

Vendo o pai abrir a porta do quarto, Perseu sentiu um grande alívio, pois não queria que o irmão fosse embora. Alberto sentou-se em uma das camas, respirou profundamente para controlar-se e pediu:

— Ricardo, me conte o que aconteceu.

Ricardo começou a narrar o ocorrido, sentindo-se apunhalado a cada palavra. Alberto estava revoltado e nenhuma interferência benigna conseguiu impedir que ele dissesse:

— Filho, eu não aguento mais viver com essa mulher! Se ela não fizer um tratamento, terá de ir embora daqui. Não quero meus filhos pelas ruas por causa dessa insana. Vi sua mala na sala. Desfaça! Se alguém tem de sair, que seja ela.

Dizendo isso em tom de ordem, Alberto saiu do quarto dos filhos e seguiu até seu dormitório, onde Adelaide assistia à televisão, sem preocupar-se com o jantar, como forma de castigar toda a família.

Vendo o marido entrar, Adelaide olhou-o com desprezo. O amigo espiritual percebeu que ninguém ali estava aberto aos seus conselhos naquele momento, por isso se retirou, sabendo que Alberto daria um "xeque-mate" na esposa.

Vidas e vidas, e Adelaide continuava cometendo os mesmos erros. Ela realmente precisava de um basta, pois era a segunda vez que fazia aquilo com o próprio filho. Do que mais Adelaide seria capaz?

CAPÍTULO 9

Magno estava no plano espiritual, quando sentiu que Adelaide chorava. O amigo espiritual saiu para procurá-la, pois pressentia que ela não estava no ambiente familiar, e logo a encontrou em um local estranho para ele. Adelaide estava desdobrada e chorava. Ele aproximou-se e disse:

— Você extrapolou.

— Não me incomode! Se não consegue me compreender, não me incomode!

— Que lugar é este?

— Um hotel. Alberto, envenenado por Ricardo, colocou-me para fora de casa.

— Não foi assim, Adelaide. Ele lhe deu uma escolha: ou você faz um tratamento ou sai de casa.

Ela parou de chorar e olhou-o longamente, como a perguntar-se: "Como você sabe?". Depois de alguns segundos, acusou:

— Você deve estar influenciando minha família contra mim.

— É apenas você se influenciando de maneira negativa, Adelaide. Por que não optou por fazer o tratamento? Eu creio que você precise.

— Não preciso! Amanhã mesmo sairei daqui e vou morar com minha irmã! Ela tem dinheiro, casa com piscina e tudo. Já falei com ela.

— Mas será um relacionamento que não durará, se você quiser controlar tudo o que acontece na casa dela. Principalmente, quando vasculhar os pertences dos outros. O que você fez ao seu próprio filho não tem classificação.

Adelaide começou a falar mal da namorada de Ricardo, e o amigo espiritual a interrompeu:

— Você nem se deu a chance de conhecer a moça, Adelaide, e por tão pouco criou um cavalo de batalha. Só um inimigo faria o que você fez ao próprio filho, e pela segunda vez! E pior! Ela nem é a jovem com quem ele vai se casar. Vê o que fez? Cavou o próprio destino. Parece-me que todos lutam por você para que melhore essa índole, contudo, só você não quer fazer nada.

— Vou pedir o divórcio e me casarei com qualquer amigo de meu cunhado. Um homem muito bem-sucedido como ele deve ter amigos também muito bem-sucedidos.

— Que coisa feia, Adelaide! Você precisa de um tratamento que a leve a fazer uma reforma íntima. Eu sei que não é uma psicopatia, apenas uma grande imperfeição que você cultiva como se fosse uma flor rara. Ouça o que estou lhe dizendo.

— Cale-se! Se não quer me ajudar, cale-se!

— Como posso ajudá-la se você não quer ser ajudada? Por que chorava há pouco?

— De raiva. Aquela "zinha" virou minha família contra mim.

— A jovem nem sequer sabe o que está acontecendo, Adelaide. Ela apenas contou a Ricardo que alguém a interpelou e falou mal dele. Seu filho pediu a descrição da pessoa, e ela, muito boa fisionomista, quase adivinhou seu nome. Seu filho nem comentou com a namorada que a pessoa em questão era você. Ele teve vergonha, Adelaide! Vergonha! E era isso que você também deveria estar sentindo.

— Uma mãe tem o direito de proteger os filhos e o marido! É um direito legítimo.

— Isso não é defesa; é tirania!

— Saia daqui! Saia! Não quero vê-lo nunca mais.

— Sempre estarei por perto, pois sei que precisará de um amigo.

— Sou uma injustiçada de Deus! Não tenho amigos!

— Tem sim, mas você prejudica e abandona a todos. Faz da vida de todos um inferno, porém, a minha eu não permitirei que faça.

Adelaide começou a gritar vários palavrões, e Magno retirou-se. Sabia que Alberto e os filhos estavam sofrendo muito, então, foi à casa deles.

Alberto não dormia, pois sua mente estava um turbilhão. Esperara que a esposa, entre a cruz e a espada, tivesse escolhido o tratamento. Ele não avaliava bem a índole de Adelaide.

Ricardo dormia, mas estava agitado demais para entrar em sono profundo, e Perseu chorava no escuro, com medo de nunca mais ver a mãe.

Magno deu-lhes passes para acalmá-los, mas se sentia terrivelmente impotente para ajudá-los. Ele questionava-se: "Como ajudar quem não quer ser ajudado? Como?". E pensava nas palavras de Jesus quando curava: "Tua fé te curou", que ele entendia como: "Quando quiser realmente a cura, a terá". A cura de forma muito mais ampla, a cura das imperfeições do espírito.

Quando Adelaide desejaria a dela? Quando estaria disposta a mudar? Magno orou por toda aquela família e também por si, para que, enfrentando a teimosia de Adelaide, não desanimasse.

***

Adelaide voltou para casa. Havia jurado que faria o tratamento e esperava, assim, enganar todo mundo. Contudo, acreditar que é possível enganar todo mundo e por muito tempo é uma das coisas mais estúpidas a fazer.

Alberto rapidamente percebeu que a esposa não queria se curar. Ele já não conseguia se concentrar direito no trabalho, andava cansado de tudo, principalmente da esposa. Ela também realizava um rapto energético no marido, e era aí que o amigo espiritual tentava intervir para que Alberto não ficasse doente.

Ricardo não falava com a mãe. O rapaz só tinha um pensamento: crescer logo e tornar-se autossuficiente. Perseu tinha vergonha da situação em casa e começava a sofrer de uma depressão que se tornava crônica. E finalmente, Alberto acabou decidindo-se pela separação.

No quarto, Ricardo e Perseu ouviam a discussão dos pais a altos brados, que se tornara diária. Alberto dizia:

— Sei que esse comportamento não é normal, mas o que fazer se você não vai ao médico? Deixar que nos enlouqueça? Eu estou enlouquecendo, estou!

— Você tem outra e quer se livrar de mim! É isso o que todo mundo quer. A mãe que se dane!

— Não meta nossos filhos nisso! Você está fazendo Perseu ter medo até da sombra.

— Você quer esconder o que eles fazem de errado! Tenho certeza de que Ricardo está com qualquer outra "zinha" por aí e que você o apoia. Vivo em uma casa cercada de homens, e todos estão contra mim.

— Como contra você? É você quem não quer tratamento. Eu não aguento mais.

— Vou para a casa de minha irmã! Tenho conversado com ela.

— Vá! E vê se fica lá sem mexer nas coisas deles e levantar injúrias contra as pessoas. Nem sua irmã conseguirá aguentá-la!

— Vê? É isso o que você quer: a separação. Por que não fala logo?

— Eu não queria, Adelaide, mas estou muito cansado disso. Você prometeu fazer o tratamento, apareceu em duas sessões e nunca mais voltou. Gastei um dinheirão à toa.

— Aquele médico é um idiota. Não posso nem olhar para a cara dele!

— Chega! Chega! Não quero esse tipo de vida neurótica para mim, e menos ainda para meus filhos. Há pressão e cobrança demais lá fora. Aqui em casa quero paz. Você não nos deixa em paz com suas manias!

— Você só pensa em você. Quer que eu seja uma sombra sem personalidade. Eu me preocupo com meus filhos!

— Se fosse uma mãe preocupada com o bem-estar deles, jamais teria caluniado Ricardo como o fez. Isso é coisa de inimigo, não de mãe!

— Você não me compreende! Meus filhos não me compreendem! Sabe de uma coisa: quero uma casa maior! Quero um marido melhor e mais rico, seu fracassado!

— Chega, Adelaide! Chega! Vá embora! Não quero vê-la nunca mais! Como pude me casar com você? Eu realmente me sinto um fracassado, mas basta! Estou vivo e posso consertar isso. Vá embora! Vá para onde quiser.

Alberto gritava descontrolado, segurando-se para não arrastá-la pelos cabelos porta afora.

— Também não quero um idiota como você de marido! Nem piscina tenho nesta casa — gritou ela de volta a plenos pulmões, dando asas à inveja que sentia da irmã.

Se Adelaide ouvisse um pouco do que ela mesma dizia, perceberia que ia de um ponto a outro a esmo, sem construir um raciocínio lógico, inteligente.

Decidida, Adelaide caminhou até o telefone e ligou para a irmã, que tentou acalmá-la. Jane gostava de Adelaide, mas sempre a julgara um tanto esquisita e sabia que Alberto tinha razão sobre ela. Por causa das atitudes de Adelaide, as duas mulheres nem se davam tão bem, mas Jane não queria deixar a irmã abandonada em um momento como aquele. E disse finalmente:

— Venha. Pode ficar aqui até as coisas se acalmarem.

Alberto já não estava mais na sala. Sua pressão estava alta, e ele se sentia ligeiramente mal, contudo, nem percebia que estava sofrendo de tal distúrbio. Aquele desgaste provocado pelos confrontos cotidianos era-lhe uma grave agressão. Alberto só queria dar vazão à sua boa índole e viver em paz.

Adelaide entrou no quarto, pegou uma mala grande e, bufando, começou a juntar suas coisas. Pensava: "Vou morar com minha irmã. Meu cunhado é rico, e é com alguém como ele que eu deveria me casar. Quem sabe conheço um de seus amigos e algo acontece. Me divorcio desse lerdo e me caso outra vez. Deus tem que me dar outra chance de ser feliz! Não nasci para sofrer".

Isso é verdade. Ninguém nasce para sofrer, mas também ninguém nasce para fazer da vida dos outros um inferno. Deus não contrata justiceiros. Adelaide fomentava a discórdia e, infelizmente, ainda provocaria muitas desavenças.

Quando acabou de fazer a mala, xingou o marido em voz bem alta. Magno tentava influir a ela que se questionasse: "Que coisa sem sentido! Qual é a utilidade disso? Em que isso ajudará na solução?".

Mas Adelaide, obcecada em se impor, frustrada por não conseguir, só queria agredir o marido.

Adelaide nem quis despedir-se dos filhos. Quando o táxi chegou, ela entrou no veículo e seguiu amaldiçoando todos. Seu amigo espiritual sentia-se muito triste.

Preocupado com a mãe, Perseu chorava assustado. E Ricardo, assim como Alberto, só queria obrigá-la a fazer um tratamento. O clima parecia de enterro. Que rastro ruim ela deixara!

Alberto continuava dentro do quarto. Não tinha coragem de olhar para os filhos e perguntava-se: "Como ela pode ter ido embora sem se despedir dos filhos, principalmente de Perseu, que ainda é tão menino? Como pode ter injuriado Ricardo duas vezes tão facilmente? Quantas vezes ainda fará esse tipo de coisa? E como pode não tentar se curar?". Alberto pedia tão pouco; apenas que Adelaide fizesse o tratamento.

Foi aí que Alberto pensou em sua mãe para ajudá-lo a cuidar dos filhos, mas ela tinha sua própria casa e, embora fosse viúva, nunca quisera sair de lá.

O mundo de Alberto parecia desmoronar. Ele tinha vontade de chorar e estava muito deprimido. Cada vez que pensava que Adelaide injuriara Ricardo duas vezes, seu coração partia-se e sua mente debatia-se. Será que sua esposa não amava ninguém? Dizia amar, mas era fácil pronunciar palavras. O que importava, contudo, era a atitude.

E se o filho descobrisse que a mãe já o injuriara outra vez? Que ódio irremediável não teria dela? E se acontecesse uma terceira, quarta vez, como poderia impedir que o filho saísse de casa precocemente?

Não, Alberto não queria isso para os filhos. Ele sentia que tinha mais responsabilidade com eles do que com a esposa, que tantos transtornos e dor causava a todos.

Magno dava passes em todos, mas não podia inspirar uma defesa em favor de Adelaide, pois não havia. Ele também estava decepcionado e triste. Tantas promessas ela fizera antes de renascer para se corrigir, contudo, se agarrara àquela imperfeição com unhas e dentes. O que fazer? O quê?

***

O táxi estacionou em frente à casa de Jane, e Adelaide deu um longo sorriso ao observar o portão. "Isso sim é uma casa!", pensou, sentindo certo prazer.

Adelaide pagou o motorista, que a ajudou a tirar a mala, e em seguida tocou a campainha. Ela teve de esperar um tanto, sem saber que dentro daquela casa também provocara uma discussão: o marido de Jane, Eduardo, não queria Adelaide lá nem por um segundo, e a esposa argumentava:

— Por favor, são somente alguns dias. Minha irmã está tendo problemas com Alberto.

— Você sabe que não gosto de sua irmã, Jane! Ela tem um jeito estranho, parece que está sempre examinando tudo dentro da gente, e, com um pouco mais de liberdade, revista até nossos bolsos. Credo!

— Faça isso por mim, eu lhe peço. Não posso abandonar minha irmã em uma hora dessas. Pense no remorso que terei se algo de ruim acontecer com ela.

— Está bem, está bem, por uns dias apenas. Fui claro? E diga a ela que não entre no meu escritório, pois detesto que mexam lá.

O marido de Jane não gostava que mexessem em suas coisas, principalmente no escritório. Nenhuma empregada colocava os pés lá, e apenas podiam limpar o local quando ele estivesse lá para supervisioná-las, coisa que Jane acreditava tratar-se de uma mania.

Ela pensou: "Dois com manias... Eu vou enlouquecer!". Eduardo, contudo, não a incomodava com mais nada. Nem a esposa percebia que ele, como advogado e empresário, tinha muitos processos com informações sigilosas, que preferia guardar em casa.

Como agradecimento, Jane beijou o marido na face e saiu para abrir o portão.

Assim que Jane viu Adelaide, teve um arrependimento repentino. Ainda tentou encontrar uma desculpa para não deixar a irmã entrar, mas Adelaide estava lá de mala na mão.

— Entre logo — disse Jane, abrindo o portão.

Adelaide apressou-se, e, assim que ela entrou, Jane fechou o portão à chave.

Não havia assunto entre as duas irmãs naquele momento. Jane sabia o que acontecera na casa da irmã, pois não era a primeira vez que aconteciam brigas por causa do ciúme de Adelaide. Era a primeira vez, contudo, que ela se abrigava em sua casa. Por educação, assim que entraram na sala, Jane perguntou:

— Está com fome?

— Não! Não jantei, mas não estou com fome.

— Se não jantou ainda, venha alimentar-se. Tenho comida pronta na geladeira.

Deixando a mala na sala, as duas mulheres foram para a cozinha. Jane abriu a geladeira e foi dizendo à irmã o que havia, para que Adelaide escolhesse.

Em vez de ser agradecida pela atenção, Adelaide examinava detalhadamente a cozinha e, vendo a geladeira, um modelo muito caro, comentou com despeito:

— Como é bom ter marido rico! Alberto não sabe ganhar dinheiro — disse ela com desprezo.

Jane fingiu não ouvir o comentário. Gostava de Alberto, mas não queria discutir com a irmã, pois, se defendesse o cunhado, a briga seria certa.

— Diga-me! O que quer comer? — Jane repassou a lista do que havia na geladeira.

— Nada. Um café com biscoitos já é uma boa refeição para mim.

Jane não insistiu mais. Pegando os utensílios para fazer café, colocou a água no fogo.

Adelaide parecia não ter mais problema algum. Continuava examinando a cozinha da casa, chegando mesmo a abrir alguns armários para ver o que havia dentro. Jane queria gritar: "Pare de fazer isso! É horrível", mas fingia não perceber e rogava que Eduardo não entrasse ali naquele momento. Ele tomava banho, mas Jane sabia que logo o marido se juntaria a elas.

Feito o café, Jane precisou pedir a Adelaide que se sentasse e serviu-lhe um lanche reforçado na pequena mesa na cozinha. Adelaide observou:

— Vocês não fazem as refeições na sala de jantar? — perguntou, incomodada por estar sendo servida na mesa da cozinha.

— Sim, mas só quando estamos reunidos.

— Esta mesa não é para suas empregadas? — perguntou com desprezo.

— Não. Na verdade, não. Eu sempre almoço aqui quando estou sozinha. Há pouco, jantamos os três aqui. E eu só tenho uma empregada.

Adelaide não quis acreditar. Queria ser servida na sala de jantar, mas não tinha como exigir isso. E a imagem que tinha da irmã, a de uma dama da sociedade, despencou um pouco, quando a viu sentar-se ali e servir-se de café em um copo comum, embora tivesse servido a bebida em uma xícara da melhor qualidade para Adelaide.

Mal Jane se sentara, Eduardo entrou e, sorrindo polidamente para Adelaide, disse com certa ironia:

— E, então, cunhada, o que houve dessa vez?

— Quero me divorciar de Alberto, não gosto mais daquele homem. Aliás, nem sei como pude pensar em amá-lo um dia. Alguém devia ter me dado um tiro no dia do meu casamento.

— Pare, Adelaide, não diga isso de Alberto! E me parece que você nem está preocupada com seus filhos — observou Eduardo, incomodado.

Adelaide queria dizer que todos os homens não prestavam, mas viu o cunhado pegando uma xícara e também se servindo do café, sem reparar que a esposa usava um copo comum, o que parecia abominável para Adelaide. Era como uma ofensa a alguém que tinha aquela casa.

— Meu marido colocou todos contra mim — disse Adelaide, examinando Eduardo, que era bem mais jovem do que Alberto, e julgando maldosamente que o cunhado era homem "demais" para Jane.

— Isso não existe. É apenas um mal-entendido, Adelaide. Seus filhos nunca ficarão contra você, principalmente Ricardo. Assim que ele tiver idade suficiente, vou convidá-lo para trabalhar comigo. É um rapaz inteligente e íntegro — afirmou com sinceridade Eduardo, pois sentia pelo sobrinho um carinho muito grande, um sentimento de pai para filho, e nem desconfiava de onde isso brotava. Magno, contudo, sabia que eles já haviam sido próximos. Ricardo fora pai de Eduardo em vidas passadas, e os dois haviam criado um vínculo forte de amor, respeito e amizade.

— Ricardo está diferente. Anda com uma "zinha" que o desvirtua. É influenciável. Bobalhão aquele garoto!

Eduardo e Jane entreolharam-se. Sabiam que não era nada disso e revoltaram-se contra a calúnia, ouvindo Adelaide falar de uma jovem que mal conhecia. Quando usava o termo "zinha", parecia que cuspiria de nojo.

Eduardo tomou um grande gole do café que restava na xícara e disse:

— Vou para a cama. Amanhã levanto bem cedo, pois vou viajar — colocou a xícara na pia, depois deu um beijo na esposa, desejou um boa-noite a Adelaide e retirou-se.

Adelaide só o observava, pensando: "Onde Jane encontrou esse homem? Tem os dentes perfeitos, é muito bonito, vem de uma família de classe alta, fala bem, é culto e sempre simpático". Observando a irmã, que se alimentava displicentemente e bebericava café em um copo, deduziu novamente que Jane não merecia aquele homem.

— Vou preparar o quarto de hóspedes para você, assim terá privacidade. Fique à vontade. Madalena chegará às sete e meia. Vou levar meu marido ao aeroporto e sairemos daqui às seis horas.

— Aonde seu marido vai?

— Ao Rio. A empresa tem um escritório na cidade também, e pelo menos três vezes por mês ele precisa ir até lá.

— No Rio de Janeiro, onde dizem haver tantas mulheres maravilhosas? E você fica aí com essa calma? — observou com maledicência.

— É a trabalho — afirmou Jane, indo preparar o quarto de hóspedes.

A casa tinha quatro quartos. Jane e Eduardo tinham um filho de quatro anos, João Miguel, que já estava dormindo e ocupava um dos quartos. Jane escolheu um dos cômodos, que, como todos os outros, estava decorado com bons móveis, entrou em seu próprio aposento para pegar travesseiros, lençóis e cobertores e viu que o marido lia alguns relatórios na cama.

Procurando manter silêncio para não incomodá-lo, ela começou a pegar as roupas de cama. Ele levantou o olhar e disse maliciosamente:

— Não demore, estou esperando. Ficarei dois dias fora.

Ela sorriu com cumplicidade e respondeu:

— Volto em cinco minutos.

Jane arrumou a cama para Adelaide e depois desceu. A irmã ainda estava sentada à mesa, mas não se alimentava mais. Rapidamente, ela começou a guardar o que havia sobre a mesa, mas a irmã não se mexeu para ajudá-la. Quando acabou, Jane disse:

— Venha, já arrumei o quarto.

As duas irmãs atravessaram a sala, e Adelaide examinava tudo com o olhar, observando cada detalhe, como se precisasse dar nota.

Subiram as escadas. Adelaide já visitara várias vezes o andar de cima, mas somente para ir ao banheiro do corredor, ainda que houvesse lavabos no piso inferior da casa. A mulher espiara o quarto do casal e o da criança e só não entrou nos outros, pois haviam sido trancados à chave para evitar bagunça.

No corredor, Jane dizia:

— Essa porta é a do quarto do João. Aquela, você sabe, é a do nosso quarto. Este aqui fica para você. Tem banheiro privativo, então, não precisa usar o do corredor.

Ao ouvir a irmã afirmar que era uma suíte, Adelaide quis gritar de revolta, pois na casa dela não havia algo assim. A casa onde vivia possuía apenas dois quartos, e os filhos precisavam dividir um deles.

Jane colocou a mala de Adelaide no quarto e disse:

— Se quiser, pode colocar suas roupas neste guarda-roupa. É pequeno, mas está vazio. Boa noite.

Adelaide olhou a hora no relógio de pulso, como a estranhar o cumprimento da irmã. Fez apenas um sinal com a cabeça e reprovou o ambiente, ao ver que não havia nenhuma televisão lá. Mas por que haveria? O quarto vivia vazio.

Adelaide começou a desfazer a mala, depois tomou um banho e colocou uma camisola. Olhou a hora e viu que o relógio marcava pouco mais de dez da noite. A mulher tinha certeza de que havia outra televisão na casa, além da do quarto do casal. Foi, então, até o quarto do sobrinho e abriu lentamente a porta. O garoto dormia tranquilamente, na paz de seus quatro anos de idade.

Ela tinha vontade de sair pela casa, examinando tudo, mas se conteve. Voltou para o quarto e ficou de luz acesa, achando-se injustiçada, pois Deus lhe colocara no caminho um homem pobre e carrancudo — o que Alberto não era. Ele nunca fora carrancudo e ainda prosperaria financeiramente, apenas não viera de um berço privilegiado, o que lhe dava mais méritos em relação a tudo que conquistava.

***

O casal acordou mais cedo que de costume, e Jane levou o marido até o aeroporto. Quando voltou para casa, ela notou que Adelaide ainda dormia. Jane não quis acordá-la, crendo que a irmã não tivera uma boa noite, o que não era de se estranhar em uma situação daquelas.

A criança acordou, e Jane pediu ao filho que fizesse silêncio. Os dois desceram, e ela cuidou dele, enquanto Madalena, a empregada que trabalhava para eles havia anos, já se entregava à rotina.

De certo modo, Adelaide estranhou não estar na própria casa. A mulher acordou e desceu em seguida, vendo a irmã alimentando o filho. Olhou em volta novamente e observou:

— Eduardo já foi?

— Ele pegou o voo das sete. Meu marido não gosta muito de viajar e nos deixar sozinhos.

— Não gosta mesmo ou diz isso só para enganá-la?

Jane levantou o olhar, estranhando o modo de falar da irmã. Era como se ela soubesse de algo.

— Adelaide, se tem algo a me dizer, seja direta. Não gosto de rodeios, você sabe disso.

— Ele é um homem rico, bonitão e livre no Rio de Janeiro. Eu daria um jeito de ir com ele e ficar bem atenta.

Jane se ressentiu com as observações.

— Eduardo nunca me deu motivos para desconfiar dele, Adelaide. Sei que ele fica trabalhando até tarde. Meu sogro mesmo me diz isso.

— Os homens acobertam as safadezas uns dos outros. Veja Alberto defendendo Ricardo.

Jane não queria começar uma discussão. Detestava aquele tipo de coisa, e em sua casa reinava a paz. Ela acabou de alimentar o filho, olhou a hora, chamou Madalena, fez algumas recomendações e afirmou à empregada que Adelaide ficaria por uns dias apenas. Essa última parte, contudo, Adelaide não ouviu.

Logo depois, Jane despediu-se e saiu, pois ministrava aulas na parte da manhã em um colégio ali perto. Outra vez, Adelaide a reprovou. Por que a irmã trabalhava fora, se tinha um marido tão rico?

Adelaide não via o lado da realização pessoal. Jane gostava do que fazia e adorava o convívio com a criançada na escola.

Quando Jane saiu para o trabalho, Adelaide flagrou-se sentindo-se muito feliz. A única coisa que pensava era que tinha cinco horas para xeretar a casa toda e saber de todos os podres da família por meio de Madalena. Era como se Adelaide necessitasse ter a certeza de que a irmã era infeliz. Tentou tirar, indiscretamente, informações da empregada, porém, a mulher não pôde lhe informar nada.

Com a desculpa de arrumar suas coisas, Adelaide subiu e entrou no quarto do casal, chegando mesmo a cheirar o travesseiro de Eduardo, como se assim pudesse descobrir algo.

Depois, quando ouviu a empregada subir as escadas com a criança, Adelaide correu para o quarto onde estava alojada e começou a colocar o restante de suas roupas no guarda-roupa, planejando pedir à irmã para ir buscar o restante de suas coisas, assim que ela chegasse da escola.

Adelaide não se preocupava que, em sua casa, seus filhos e seu marido mal se falavam de tanta tristeza, pois tinham em si uma sensação de fracasso muito grande. Não tocavam no nome dela, mas todos sentiam sua falta e, apesar dos pesares, a queriam de volta.

Alberto esperava que ela estivesse sentindo saudades deles, voltasse atrás e resolvesse fazer o tratamento. Pobres seres! Isso não passava pela mente dela.

Naquele momento, Adelaide pensava em pedir à irmã que desse uma festa e convidasse muitos amigos ricos, para, quem sabe, ela arranjar um bom partido. Bom no sentido financeiro.

Enquanto estava envolvida na matéria que dava aos alunos, Jane não avaliou o que a irmã lhe dissera, mas, dirigindo de volta para casa, começou a lutar para tirar da mente a desconfiança de que Adelaide sabia de alguma traição de Eduardo.

O mal possui tentáculos que tentam nos envolver e que, por sermos frágeis e termos ainda pouca fé, muitas vezes conseguem.

Chegando em casa, Jane viu a irmã sentada no sofá, lendo tranquilamente uma revista. Sentou-se perto dela e perguntou-lhe diretamente:

— Você sabe de alguma coisa sobre meu marido e tem medo de me contar?

Adelaide olhou-a com certo prazer sarcástico e pensou: "Então, você me critica e apoia meu marido para que eu faça um tratamento, mas também sente ciúme! É isso! Em que você é melhor do que eu?". E respondeu:

— Não posso negar que seu marido é bonitão e rico. E se Alberto consegue outras mulheres, o seu deve ter milhares.

— É só isso? — questionou Jane, tentando manter a lucidez.

Adelaide não compreendia, pois para ela não era "só isso". Jane levantou-se e foi procurar o filho, que àquela hora brincava no jardim. Deu-lhe um abraço bem forte e ficou conversando com a criança.

Ainda na sala, Adelaide mostrava-se incomodada. A confiança que Jane tinha no marido a irritava. Era como se a felicidade da outra no casamento lhe fosse um insulto.

O telefone tocou, e, embora ainda estivesse na sala, Adelaide não se mexeu para atendê-lo. Jane apareceu correndo e, um tanto ofegante, pegou o aparelho. Era Eduardo dizendo que chegara bem e perguntando sobre o filho.

Pelo modo carinhoso como a irmã falava com o marido, Adelaide preferiu acreditar que ela conversava com um amante. A mulher levantou-se para ir embora, mas, fora do campo de visão de Jane, ficou ouvindo-a falar e decepcionou-se, quando escutou a outra dizer:

— Nosso filho já está com saudade e eu também.

Eduardo pediu para falar com o garotinho. Jane chamou a criança, que, em segundos, já tinha o fone na mão e falava com o pai.

Não havia dúvidas de que era Eduardo do outro lado da linha, embora Adelaide quisesse por tudo no mundo que não fosse.

No fim da tarde, Ricardo ligou para a tia e tentou falar com a mãe, que de modo algum quis conversar com o filho. Jane pediu ao rapaz que esperasse alguns dias, afirmando que provavelmente a raiva de Adelaide passaria logo. A forma como ela agia não significava que Adelaide não sentia saudade da família, mas para ela era questão de honra manter todos as suas regras. A chantagem emocional era sua arma.

Ricardo estava preocupado, e Perseu chorava escondido. O fato de não ter a mãe em casa deixava-o inseguro. A ligação que o garoto tinha com Adelaide era muito forte. Ricardo também tinha com a mãe uma forte ligação, porém, sendo mais adulto, lidava melhor com a insegurança.

Alberto também ligou para Jane, mas pediu que ela nada dissesse a Adelaide. Os dois combinaram de se encontrar para terem uma conversa mais longa e tinham apenas um questionamento em mente: Como fazer Adelaide enxergar que passara da medida e que isso estava totalmente fora do aceitável?

Sentindo-se infeliz, Adelaide começou a incomodar Madalena, que decidiu reclamar da situação para Jane:

— Senhora, não sei como lidar com sua irmã. Ela põe defeito em tudo o que faço. Eu faço o melhor que posso, e a senhora nunca acha ruim.

— Peço que tenha paciência com minha irmã, Madalena. Eu mesma estou tentando ter. Ela está passando por uma fase difícil.

— Senhora, eu sei o que fazer. Não é preciso que ela fique dando palpite.

— Não se preocupe com o que ela diz. Peço que tenha paciência, será só por uns dias — repetiu Jane.

Madalena aceitou a contragosto, deixando a patroa preocupada. Tinha um filho pequeno — que ela só podia deixar com alguém de confiança — e não queria que Madalena, em quem confiava muito, pedisse demissão.

Jane decidiu falar com Adelaide, pois sabia o quanto ela podia ser chata, e pediu à irmã que deixasse Madalena em paz:

— Por favor, Adelaide... Madalena é meu braço direito. Se saio para dar aulas e fico tranquila é porque sei que meu filho está seguro com ela.

— Não sei como não viu isso, mas ela é um pouco desleixada.

— Não é não. E a prioridade aqui é a criança.

— Bem, a empregada é sua! — comentou Adelaide com desprezo.

Jane estava indignada. Por que parecia que Adelaide queria sempre tirar a paz de todo mundo e fomentar discórdia? Que tipo de pessoa ela era para ter tal prazer mórbido? Jane percebeu que precisava vigiar-se muito para a irmã não influenciar negativamente seu casamento.

CAPÍTULO 10

    Jane chegou da escola, estacionou o carro e começou a tirar as provas dos alunos de dentro do veículo. Também fizera compras no supermercado e precisava descarregá-las.
    Sentada no terraço da frente da casa sem fazer nada, Adelaide apenas olhou a irmã, que estava sobrecarregada, e nem se mexeu para ajudá-la.
    Notando tal atitude, Jane pediu a ajuda da irmã, mas Adelaide olhou-a de alto a baixo e respondeu:
    — Peça à sua empregada! É para isso que elas servem.
    — Você não está fazendo nada, o que custa? Me ajude.
    Adelaide olhou para os lados, levantou-se, e gritou pela empregada, que logo apareceu com o garotinho nos braços. Vendo Jane com dificuldade para carregar as provas e as compras, a mulher pôs a criança no chão e correu a ajudá-la.
    Jane sentiu muita raiva naquele momento e perguntou-se: "O que custa a Adelaide me ajudar? Nada é muito pesado. São apenas compras de mercado".
    Jane e Madalena entraram na casa com os pacotes do mercado e seguiram até a cozinha, porém, ainda havia coisas no carro. Adelaide, mesmo vendo as outras sacolas, continuou sentada onde estava, sem fazer nada, como a provocar a todos de propósito.

Madalena tinha no rosto uma expressão de desaprovação, e Jane queria gritar com a irmã, mas olhou para o filho e avaliou que não queria um ambiente de discussão em casa. Desejava dar bons exemplos ao menino, então, decidiu que falaria com Adelaide depois, tentando manter a calma.

Jane colocou os pacotes que carregava em cima da mesa e foi novamente até o carro para pegar o que restara. Adelaide continuava sentada, sem fazer absolutamente nada, e Jane sentiu aquela atitude como uma provocação. Respirou profundamente, tentando mais uma vez controlar a raiva.

Na cozinha, Jane e Madalena começaram a guardar as coisas em silêncio. Depois de alguns minutos, Adelaide apareceu, abriu uma e outra sacola e observou:

— Você sempre compra tanta coisa assim?

— Não é muita coisa. Quando vou ao mercado, faço compras para o mês inteiro. Não gosto de ir ao supermercado toda semana.

— Faça uma lista e mande a empregada ir! — observou Adelaide com um tom ofensivo.

Jane olhou para Madalena como se lhe pedisse desculpas. A mulher entendeu o olhar e sorriu levemente, sem parar seu trabalho.

Jane pegou um copo do armário e serviu-se de água. Adelaide não tirava os olhos da irmã, como se procurasse algo de errado nela para criticá-la. De repente, disparou com maldade:

— Jane, você não tem autoridade! Nem seu próprio marido a respeita. Disse que ficaria fora uns três dias e veja! Já se passaram quatro dias. O que ele está fazendo? Desconfie, cara irmã!

— É trabalho. Só quem não trabalha não tem ideia dos contratempos.

— Você está me chamando de vagabunda?! — gritou Adelaide.

Jane olhou de um lado para outro. Não queria discussão inútil, então, manteve-se controlada.

— Não. Não estou.

— Está sim! Seu marido está de folga no Rio com vagabundas e você finge que não vê. Acorde, Jane! Acorde!

— Pare, Adelaide. Meu marido fala comigo quase todos os dias. Sei que o trabalho dele é cansativo, e, quando chega em casa, Eduardo só quer paz.

Adelaide sorriu sarcasticamente e desafiou:

— Apareça, de repente, no hotel em que ele está. Vá! Quero ver se não terá uma surpresa!

Jane olhava para a irmã. Não queria ser contaminada por aquele comportamento, mas não se conteve e devolveu:

— Seu marido nunca viaja, e mesmo assim você cheira as roupas dele, vasculha as coisas dele todos os dias. Qualquer dia, você se esconderá dentro de um bolso e ficará ouvindo a respiração dele. Isso é doença, Adelaide. É por isso que você precisa se tratar.

— Doença nada! Tenho bom senso e conheço os homens. Um bonitão como Eduardo jamais seria fiel. Duvido que, mesmo você se enganando, esse casamento sobreviva a mais um ano!

Jane queria pular no pescoço da irmã. As duas começaram a gritar uma com a outra, enquanto Adelaide caluniava o cunhado à vontade, conseguindo quebrar a confiança de Jane no marido. A língua ainda é uma das piores armas. Por pouco, Jane não a mandou embora.

Jane saiu da frente da irmã e foi para seu quarto, magoada. Sua confiança em Eduardo quebrara-se. Era verdade: ele era bonitão, rico, e, quando ainda namoravam, muitas mulheres haviam dado em cima dele. Por que isso não aconteceria agora?

Jane começou a chorar, sentindo-se inocente e estúpida. A criança abriu devagar a porta do quarto, e ela enxugou

93

as lágrimas e chamou o garotinho para perto de si. Olhando-a tristemente, o filho perguntou:

— Mamãe, por que está chorando?

— Estou com dor de cabeça, meu amor. Venha! Abrace a mamãe, pois um abraço seu sara tudo.

O garotinho abraçou a mãe com extremo carinho e realmente parecia vir dele certa paz. Mais calma, Jane percebeu que, se ficasse ali por mais uma semana, Adelaide envenenaria a todos, mas o poderia fazer? Jogar a irmã na rua? Tinha certeza de que Adelaide preferia isso a voltar para casa.

Preocupado, Ricardo ligava para saber da mãe todos os dias. Jane atendia o sobrinho discretamente, falando baixo, o que fizera Adelaide deduzir que se tratava de um amante da irmã. Guardava aquela suposta informação como um trunfo para dominar a irmã em um momento de crise e sentia com isso uma satisfação imensa.

Adelaide tinha uma mente distorcida e, como consequência, uma ação destruidora, mesmo sendo ela a maior perdedora por isso. Plantava coisas ruins e conseguia influenciar negativamente as pessoas que a cercavam e tinham um bom nível de compreensão das necessidades da existência. E plantando coisas ruins, seria isso que teria para colher.

***

Quando Eduardo encontrou a esposa no aeroporto, a primeira coisa que perguntou depois de abraçá-la foi se Adelaide ainda estava hospedada na casa deles. Ao ouvir a afirmativa de Jane, ele sentiu seu bom humor diminuir.

No carro, ele preferiu dirigir. Sensível à esposa, percebeu que algo estava errado e questionou:

— Sua irmã tem a perturbado muito?

— Não! Apenas a Madalena, e eu já lhe pedi que tivesse um pouco de paciência.

— Ela não se resolveu ainda com o marido?

— Bem que ele tentou conversar, mas ela não quer. Neste momento, minha irmã está perdida.

— Jane, me perdoe, mas se ela pensa que ficará vivendo na nossa casa o resto da vida, pode esquecer.

Jane fez apenas um movimento com a cabeça, concordando com Eduardo. Tinha vontade de perguntar ao marido se ele tinha se aventurado com outras mulheres e percebeu também que, como uma idiota, queria cheirar as roupas dele.

Jane sorriu tristemente, deduzindo que o veneno da desconfiança era mais perigoso do que ela mesma avaliava e que somente ela poderia decidir que dose tomar.

Observando-o dirigir e conversar com ela sobre a rotina do trabalho, Jane interrompeu-o de repente e perguntou:

— Eduardo, você ainda me ama?

Estranhando a pergunta tão fora do contexto, ele olhou-a e respondeu:

— Claro que sim. Por que está insegura?

— Bobagem minha.

— Coisas de Adelaide, não é?

— Não! Estou com saudade e carente, só isso.

Eduardo apenas sorriu, mas aquela insegurança não era um comportamento normal de Jane. Além disso, ele não dava motivos para a esposa se sentir insegura. Não tinha duas caras, e trair a esposa era arriscar muito por um pouco de prazer fugaz. Ele já tinha essa certeza entranhada em sua mente.

Os dois se calaram, e ele sentiu que a esposa estava com vontade de chorar. Eduardo tirou uma das mãos do volante e acariciou a face dela levemente. Jane beijou-a.

— Jane, cuidado com Adelaide. Sei que você a ama, e eu a conheço. Você nunca nega ajuda a ninguém, nem mesmo a um desconhecido, mas não podemos colocar um escorpião no bolso. Em um momento ou outro, ele nos picará.

A esposa não respondeu. Pouco depois, eles chegaram em casa. Mal Eduardo estacionou o carro, o filho correu para ele. Adelaide observava tudo da janela e teve uma dose de inveja aos vê-los de novo reunidos. Parecia que algo invisível os unia, algo que ela nunca vira em sua família: a aura de união que ela mesma quebrara.

Alberto pareceu-lhe um monstro em comparação a Eduardo, que tinha somente uma personalidade mais extrovertida.

Ouvindo o sobrinho rindo com as cócegas que o pai lhe fazia, Adelaide sentiu-se inferior a Jane, como se a outra merecesse felicidade e ela não, sem levar em conta que merecemos o que construímos. Adelaide destruía o esforço de todos pela união, sendo Alberto seu alvo principal.

Toda família tem seus desajustes, que brotam, uma hora ou outra, para serem resolvidos, mas fazer da vida um inferno diariamente é insanidade.

A miséria da vida humana não se deve a uma punição divina nem a um pecado original, mas à ignorância. E não se trata de qualquer ignorância, mas somente da ignorância da verdadeira natureza do espírito e da vida.

Com a porta do quarto aberta, Adelaide ouvia a voz do cunhado, que perguntava ao filho:

— Você foi o homem da casa? Tomou conta direitinho de sua mãe e de Madalena?

A criança, fazendo pose de importância, afirmou:

— Tomei, papai. Você trouxe presente pra mim?

— Claro! E para sua mãe também! Mas só darei daqui a pouco, pois está no meio da mala.

Ansiosa, a criança começou a pedir:

— Dá agora, papai. Agora!

— Está bem, seu pestinha, está bem!

Eduardo brincava com o filho, e Adelaide foi influída pelos amigos espirituais de que não era hora de ela ir para a sala, pois poderia quebrar aquela harmonia. Ela, contudo, logo bloqueou o que lhe fora influído e desceu, chegando justamente na hora em que o marido dava um presente para a esposa. Eduardo, vendo a cunhada, sentiu um mal-estar e perguntou friamente:

— Tudo bem, Adelaide?

Ela não respondeu ao cumprimento e, vendo a irmã abrir um pacotinho, sentiu uma pontada no peito, o que a fez observar malignamente:

— Marido quando dá presente à esposa sem ser dia de nada é consciência pesada.

— Se você nunca mereceu um presente surpresa, o problema é seu. Minha família sempre merece, inclusive Madalena, que faz parte desta família. Madalena, venha cá! — Eduardo chamou, ignorando a cunhada.

Eduardo usou um tom cortante, lamentando que Adelaide sentisse prazer em destilar veneno. Ele desviou o olhar e voltou a mexer na mala que estava aberta em cima do sofá, procurando o que trouxera para Madalena.

Pouco depois, Madalena chegou à sala, e Eduardo entregou-lhe o presente. Acariciando a cabeça do filho, ele disse:

— Vou para o chuveiro, mereço um bom banho.

— Merece não! Precisa! Alguns perfumes são insistentes, principalmente os das vagabundas — Adelaide não se conteve.

Eduardo, que fechava a mala para levá-la de volta ao quarto, parou o que fazia e encarou a cunhada indignado, inquirindo:

— Seja clara! O que tem contra mim?

Jane apavorou-se e pediu ao marido:

— Deixe para lá, Eduardo. Ela disse isso sem querer.

— Sem querer uma ova! Adelaide, você está me acusando do quê? Você não sabe de minha vida!

— Você faz bem-feito! Vai para o Rio de Janeiro esconder suas amantes, enquanto sua esposa recebe telefonemas, aos quais atende sensualmente, sussurrando.

Eduardo sentia-se cansado e desejava a paz que sempre sentia em casa. Ele olhou para Jane e, mesmo tendo a certeza de que a esposa nunca o trairia, questionou:

— Do que ela está falando, Jane?

Ela estava apalermada com o que a irmã afirmara. Era maldade demais.

— Tenho falado diariamente com Ricardo e Alberto. Eles têm me ligado, porque estão preocupados com Adelaide. Pode checar.

— Eu não preciso disso, meu amor. Percebo que é somente o escorpião tentando nos envenenar — afirmou carinhosamente à esposa.

Eduardo pegou a mala que ainda estava no sofá, aproximou-se de Adelaide e intimou:

— Não vou deixar que destrua minha família, pois ela é o que eu mais prezo. Vou subir e tomar um banho. Quando descer, não a quero mais aqui!

Jane sentiu um frio no estômago, pois conhecia aquele tom do marido. Quando ele o usava, era difícil fazê-lo voltar atrás.

— Eduardo, Adelaide não tem para onde ir.

— Que vá para o inferno! Lá é o lugar dela! — gritou ele, subindo as escadas.

Adelaide parecia não se preocupar com o fato de não ter para onde ir. Tinha tirado o bom humor de todo mundo, e isso lhe dava prazer.

Jane nem abrira totalmente o pacote de seu presente, e Madalena, que parecia ter até medo de respirar, mantinha o dela intacto entre as mãos. A criança não entendia o que ocorria, mas sentia a tensão. Sua alegria pela chegada do pai pareceu-lhe ameaçadora.

Jane só pensava: "Você só pode ser louca, Adelaide! Por que fez essas insinuações horríveis?".

Temendo pela irmã, Jane subiu as escadas correndo. Sabia que não era o momento de falar com o marido, mas mesmo assim tentaria. Adelaide, contudo, não cooperava em nada.

Naquele momento, Jane sentia na pele o que Alberto vivenciava diariamente. Como era horrível querer fazer algo por alguém que não quer aceitar ajuda. Magno concordava plenamente com Jane. Ele mesmo, via inspiração, tentara evitar que Adelaide desse asas ao seu despeito e ao seu recalque e estragasse aquele momento de alegria da família. Parecia que Adelaide não gostava de ninguém — e tratava-se realmente de um pouco disso.

Jane entrou no quarto, e o marido já estava no chuveiro. Ela abriu a porta do banheiro e timidamente pediu:

— Eduardo, minha irmã não tem para onde ir. Por favor, volte atrás.

— Minha família é sagrada para mim. Não vou aceitar que o veneno de sua irmã nos separe. Sabe que, por um segundo, temi que ela tivesse razão ao acusá-la de ter um amante?

Jane sorriu pensando na possibilidade e afirmou:

— Eu nunca faria isso a você. Eu o amo.

Relaxando um pouco, ele disse:

— Então, prove. Venha para cá comigo, mas não tente me fazer mudar de ideia. No máximo amanhã, a quero fora daqui.

— Vou ligar para Alberto.

— Depois você liga. Venha!

Jane estava muito preocupada, mas também sentia saudade do marido. Adelaide subira para o quarto que ocupava, sem levar a sério o que Eduardo lhe dissera. Julgava que as pessoas não conseguiam conviver com a verdade, porém, o que insinuara não era verdade, era calúnia, e isso ninguém aceita. Além disso, ela mostrava ingratidão com quem a acolhera, e a ingratidão é um dos piores pecados.

Adelaide esperava ouvir marido e mulher brigando aos berros, mas um silêncio cúmplice parecia pairar entre eles. Magno influiu a Adelaide que pedisse desculpas à irmã e ao cunhado, mas ela refutou. Julgando os outros de forma preconceituosa, duvidava que Eduardo não tivesse no mínimo meia dúzia de amantes.

Adelaide permaneceu no quarto por pouco tempo. Logo depois, desceu as escadas e ficou na sala sem fazer nada. Sentiu-se ofendida quando viu Eduardo e Jane descerem as escadas de mãos dadas e com os cabelos molhados, e a ira que lhe subiu à garganta foi tanta que ela pareceu sufocar.

Soltando a mão da esposa, Eduardo aproximou-se da cunhada e disse:

— Atendendo a um pedido de minha esposa, pode ficar aqui por mais uns dias, porém, fique atenta. Não tente nos inocular seu veneno e aprenda com nossa união. Seu marido é um bom homem, e seus filhos são ótimos. Tente aprender a lhes dar valor. E não se esqueça de que este lar é da minha família e que você é a hóspede!

Adelaide ficou intimidada. O cunhado parecia determinado, e ela não conseguia dizer nada. Queria gritar com os dois e nem sabia o quê. Magno sentia-se mais tranquilo, imaginando que talvez Adelaide aprendesse algo naquele ambiente de união, até porque Jane e Eduardo estavam atentos ao que poderia vir dela.

Jane olhava a irmã, e parecia que uma aura escura a envolvia. E envolvia mesmo, devido a seus pensamentos e a seu comportamento.

Adelaide não se aguentava de raiva. A mulher subiu para o quarto, trancou a porta e lá ficou ruminando seu ódio e sentindo-se impotente.

À hora do jantar, Jane, educadamente, foi buscar a irmã para que se alimentasse junto com a família.

Jane só queria esquecer o que havia acontecido naquela tarde, estava muito feliz e prometeu a si mesma que não deixaria que as insinuações de Adelaide estragassem seu relacionamento com Eduardo.

Conseguira que o marido voltasse atrás em sua decisão, permitindo que Adelaide ficasse hospedada ali por mais alguns dias. Quem sabe nesse período ela não começasse a fazer um tratamento? Tudo o que todos queriam era ajudá-la.

Sentada à mesa, Adelaide percebeu que tudo a incomodava, mas não encontrava o que criticar. Ficou procurando, reclamou que o bife estava duro, mas ninguém lhe deu atenção, o que a deixou ainda mais irada.

Tinha vontade de virar a mesa e gritar com todo mundo, que parassem de sorrir, que Eduardo deixasse de olhar para a esposa com aquele ar apaixonado e sedutor e que parasse de fazer brincadeiras para o filho rir. Adelaide, na verdade, camuflava suas próprias necessidades — as mesmas de todo ser humano —, mas não conseguia confiar e acreditava que confiança era a maior estupidez no mundo.

101

CAPÍTULO 11

Ricardo acordou e viu Perseu chorando baixinho. Levantou-se devagar e aproximou-se da cama do irmão, dizendo:

— Eu também estou com saudades da mamãe. Vamos vê-la no fim de semana, não fique assim.

— Tenho medo de que nossos pais se separem e que eu nunca mais a veja.

— Papai nunca nos proibiria.

— Tenho um colega na escola... O pai dele foi morar na África depois que se separou da mãe. Tenho medo.

Ricardo sorriu para dar confiança ao irmão e tornou a afirmar:

— Você sabe que vamos vê-la no fim de semana. No sábado, papai vai nos levar até a casa de tia Jane.

Perseu fungou olhando para o irmão. A hipótese de separação dos pais deixava-o com muito medo.

O fato de não ter a mãe em casa causava angústia em Perseu, e o menino tinha vontade de correr para ela.

— Só nós dois? Papai vai nos levar e não vai vê-la?

— Não sei. Relacionamento entre marido e mulher é complicado. Você entenderá, quando crescer. Durma, pois é noite ainda. Não consigo imaginar nossa mãe ou nosso pai na África. Esqueça isso!

Perseu relaxou um pouco. Ricardo voltou para sua cama e ficou atento ao irmão, se ele recomeçaria a chorar. Com a esperança de encontrar a mãe dali a dois dias, o menino não chorou mais.

Ricardo, contudo, acabou perdendo o sono, temendo que a mãe não quisesse ver os filhos apenas para pressionar o marido. O jovem pensava que os filhos são quem mais sofrem nesse processo, pois Ricardo também sentia muita saudade da mãe.

No dia seguinte, Ricardo ligou para a tia e pediu-lhe que avisasse a Adelaide que eles a visitariam no sábado. Com sua sensibilidade, o jovem percebeu que Jane parecia sentir um grande desconforto e temeu que ela não os quisesse lá, por isso, falou:

— Vamos ficar pouco tempo. Perseu tem sentido muita saudade, ele é criança ainda.

— Podem ficar aqui o quanto quiserem.

Mesmo diante dessa afirmação, Ricardo continuou sentindo que alguma coisa estava acontecendo e pediu:

— Tia, se vamos atrapalhar, me diga. Passamos aí, pegamos mamãe e saímos para algum lugar.

— O problema não é vocês, Ricardo; é sua mãe. Ela vem tentando fazer de minha vida um inferno. Todos os dias, Adelaide diz que meu marido é bonito e rico demais e que é impossível que ele não tenha amantes. Não sinto isso em Eduardo, mas minha tranquilidade não é mais natural. Tenho lutado para mantê-la. É difícil não permitir que o veneno me contamine.

— Tia, eu entendo. O que ela fez comigo não tem classificação, mas penso nela como alguém doente. Alguém que precisa de tratamento e cujo comportamento não podemos levar em conta.

— Mas o problema é que ela não aceita tratamento, e eu também sofro com isso. A casa também é de meu marido, e ele não a quer aqui. Eduardo está tolerando a presença de sua mãe, atendendo a um pedido meu, e eu preciso rogar todos os dias, pois todos os dias Adelaide faz alguma coisa para desagradá-lo. Ela não coopera nunca. Não percebe que boicota a si mesma.

Jane até pensou em contar ao sobrinho que Adelaide insinuara que os telefonemas de Ricardo eram na verdade de um amante e que desconfiava de que ela passara a ouvir todos os telefonemas da extensão. Mal sabia Jane que Madalena já vira Adelaide fazendo isso, mas que decidira guardar aquela descoberta para si.

Jane, por fim, censurou-se, acreditando que aquela informação não seria útil, não ajudaria na solução e ainda deixaria o rapaz mais infeliz e agoniado do que estava.

Ela tornou a avaliar que a solução não estava nas mãos de ninguém, apenas nas de Adelaide, e os outros só poderiam ajudá-la se ela permitisse. Sentindo a tia, Ricardo percebeu que algo mais ocorria e perguntou:

— Tia, tem algo mais?

— Não, querido, fique tranquilo. Eu tomo conta dessa descabeçada, que não tem ideia da família maravilhosa que tem.

— Eu lhe agradeço muito por isso.

— Não tem o que agradecer, Ricardo. Ela é minha irmã, mas me sinto amarrada se Eduardo a colocar para fora. E parece que ela vive pedindo isso.

Ricardo agradeceu mais uma vez e desligou o telefone preocupado. Sabia do que a mãe era capaz e perguntava-se: "Será que é uma maldade intrínseca ou um desvio de personalidade? Um tratamento psiquiátrico realmente ajudará minha mãe?". Avaliando melhor, ele se convenceu de que um tratamento psiquiátrico pouco podia fazer por ela.

Magno também se perguntava isso, mas rogava que Adelaide aceitasse o tratamento. Só o fato de ela fazê-lo já era um passo para abrir-se a novos conceitos, e, afinal, psiquiatria é um ramo da medicina que faz grande diferença na vida das pessoas. Sabemos, porém, que a questão esbarrava no livre-arbítrio.

***

Na casa da irmã, Adelaide nada fazia para ser útil. A mulher ficava lendo revista e se intrometia no que a empregada fazia, incomodando-a ao extremo. Madalena esforçava-se para não se irritar com aquele comportamento mandão da outra, afinal, Adelaide era uma convidada. A moça, então, tentava seguir os conselhos da patroa, que lhe dissera: "Não a ouça. Faça como sempre fez. É a mim que você deve se reportar".

Vendo que todos aparentavam estar imunes às suas interpelações, Adelaide, não se aguentando mais, entrou na sala que acabara de ser arrumada por Madalena e ficou procurando defeitos para fazer da empregada seu alvo.

Adelaide dirigiu-se à moça como quem fala a um idiota e foi nesses termos que gritou sem necessidade alguma.

Magno sentiu que Adelaide entraria em um caminho sem volta e tentou influenciá-la de que não havia motivos para importunar Madalena, e por um momento ela parou. Madalena ficou olhando-a, procurando entender do que ela reclamava. A moça arrumava a sala todos os dias daquele modo e os donos da casa nunca haviam se queixado, até porque ficara claro que a prioridade não era a casa, mas a criança.

Adelaide sentiu o aconselhamento fluir em sua mente, mas o censurou, o bloqueou. Sentia-se muito incomodada, pois tentara várias vezes induzir empregada a fazer fofoca sobre a vida dos patrões, contudo, nada conseguira. A moça fizera-se de desentendida, e isso soara à hóspede como ofensa.

Madalena também tinha pessoas com aquela índole em sua família e procurava manter-se longe para não ser injusta ou contaminada, no entanto, sua paciência tinha limites.

— Se você fosse minha empregada, não ficava um dia. Olhe só isso!

— Olhe o quê, senhora? Está ótimo.

Magno tentou influenciar Madalena para que não se entregasse ao padrão de Adelaide, mas a moça estava irada por ter no seu pé aquela hóspede desagradável a todo o momento. Gostava muito de Jane e, quando vira Adelaide ouvindo na extensão, teve vontade de contar tudo a Eduardo. Se o tivesse feito, Adelaide não teria ficado ali mais um segundo.

— Está desarrumada, suja!

— Não está desarrumada nem suja, sua recalcada! — não se segurou Madalena.

Sem medir as consequências, Adelaide pegou algumas almofadas do sofá e jogou-as no chão, gritando para humilhar a outra:

— Pegue! Você é apenas uma empregadinha! Tem que fazer o que eu mando. Se eu lhe digo que está sujo é porque está!

Vendo seu trabalho recém-realizado sendo desfeito, Madalena quis pular no pescoço da hóspede. Adelaide estava fora de controle, e não adiantava alguém tentar segurá-la, Magno inspirou à moça que virasse às costas e fosse para o outro lado da casa, evitando violência.

Madalena sentiu o aconselhamento, respirou fundo e pensou: "Deus me ajude, senão eu mato essa bruaca!". E saiu bruscamente, deixando Adelaide ainda mais irada, que se esquecia de que nem em sua casa deveria ter um comportamento daqueles, quanto mais na casa dos outros.

Em uma ira insana, literalmente insana, Adelaide revirou tudo, incomodada por não conseguir fazer aquelas pessoas seguirem seu comando.

Eduardo e Jane continuavam a agir como sempre agiram: eram amorosos, gentis e educados um com o outro e tratavam-se com muito carinho — e isso era tudo o que Adelaide queria quebrar.

Adelaide já tinha cheirado as roupas do cunhado, que ele colocava em um cesto de roupas para serem lavadas, mas não descobrira nada. Ela não se conformava e tinha vontade de seguir a irmã e o cunhado dia e noite para encontrar indícios de traição e acabar com a cumplicidade entre o casal. Um procurava fazer o outro feliz, e Adelaide, em vez de aprender com o exemplo e aplicar em sua vida, queria destruí-lo.

Felizmente, nisso também entrava o livre-arbítrio, e ela só conseguiria plantar o mal se o casal permitisse. Não existe algoz sem vítima, e Jane já decidira não ser vítima da irmã. Vigiando-se, ela bloqueava o veneno de Adelaide, que desejava quebrar a confiança que a irmã tinha no marido.

Adelaide estava tão entregue à tarefa de bagunçar tudo que nem viu a irmã chegar. Ela apenas se deu conta quando se assustou com o grito de Jane:

— O que você está fazendo?! Enlouqueceu de vez?

Surpresa, Adelaide gaguejou um pouco, afirmando:

— Sua empregada é uma ordinária! A sala estava imunda!

— Não estava não! E quem lhe deu o direito de espalhar tudo desse jeito? Parece que houve um terremoto aqui!

— Você tem de mandar essa ordinária embora!

Jane queria colocar a irmã para fora de casa, mas se controlou ao máximo. Colocou a bolsa em cima de um móvel e depois se voltou para a sala novamente, que estava um caos. Até um sofá fora virado.

Como Jane estava pedindo ajuda mentalmente para se controlar e não fazer uma besteira, Magno interferiu, lhe dando passes. O coração de Jane desacelerou e ela respirou profundamente, absorvendo aquela calma que parecia vir de todos os lugares. Por fim, disse com voz controlada:

— Adelaide, olhe para isso. Crê que é um comportamento normal? Veja! A cada dia tem piorado. Você precisa fazer algo. Estenda sua mão para mim que eu a puxarei para cima.

Esse comportamento de Jane desconsertou Adelaide. Olhou bem nos olhos da outra e, abaixando o tom de voz, afirmou:

— Você precisa demitir Madalena. Ela é uma péssima empregada.

— Não vou fazer nada disso. Ela é ótima, cuida bem de meu filho, e eu vou para o trabalho tranquila. Madalena é como uma irmã muito querida. Esqueça! Nada do que você fizer conseguirá separar esta família. Não procure pelo em ovo e tente se cuidar.

— Você é uma idiota inocente! Só você para acreditar nos carinhos de um marido traidor! Eduardo é um... — gritava Adelaide.

— Pare! Pare! Não quero ouvir! Estou tentando não odiá-la e ainda por cima ajudá-la. Arrume a sala!

— Não sou sua empregada! — gritou Adelaide a plenos pulmões.

— Ah! Vai sim. Madalena deve estar fazendo o almoço. Estou com fome e vou lá ajudá-la. Você desarrumou, você arruma! E agora!

— Não vai me obrigar!

Jane apenas olhou para a porta e saiu. Quando entrou na cozinha, estava branca. Pegou um copo, bebeu a água num grande gole e sentou-se. Madalena estava rígida, pois ouvira tudo.

Vendo que a moça estava muito nervosa e que suas mãos tremiam, Jane disse carinhosamente:

— Fique tranquila, pois conheço muito bem minha irmã... Mas ela tem piorado a olhos vistos.

Madalena pensou em contar que a vira ouvindo as ligações pela extensão, mas Magno a inspirou a ficar quieta.

Jane estava no seu limite. E se não fossem os passes, poderia ter tomado uma atitude mais drástica.

Jane deixou o copo na pia e cruzou a porta dos fundos. O filho brincava a poucos metros, e ela sentiu que a criança também estava assustada. Abraçou-a e beijou-a várias vezes, como forma de acalmá-la e de acalmar a si mesma.

Quando voltou para a cozinha, outra preocupação pairava. Seria certo esconder do marido o que acabara de acontecer? Um nunca escondia nada do outro, então, o que fazer?

Jane ficou longe da sala por uns vinte minutos, dando tempo a Adelaide para colocá-la em uma mínima ordem, e depois seguiu para lá.

Quando viu que a irmã deixara tudo revirado, Jane quis chorar e pensou: "Que atitude tenho de tomar para obrigá-la?". Queria ter um amigo psiquiatra para aconselhá-la, mas não tinha.

Magno inspirou-a a tornar a falar com Adelaide. Jane subiu e seu coração estava aos saltos. Bateu na porta do quarto que a irmã ocupava, mas Adelaide não respondeu:

Jane bateu mais uma vez, chamou a irmã e entrou no quarto. Vendo Adelaide sentada na cama a ler uma revista, em total indiferença, Jane disse:

— Você cometeu um ato insano. O jeito de amenizar isso é arrumar o que bagunçou.

— Você é injusta comigo e não vê a sujeira que está a sala.

— Adelaide, a sala não está suja; está bagunçada e porque você a bagunçou. Vamos, eu a ajudo. Só quero almoçar, pois estou morta de fome.

Magno inspirou a Adelaide que cooperasse um pouco pelo menos, então ela colocou a revista de lado e desceu junto com Jane. A mulher esperou que a irmã começasse a colocar as coisas em ordem e depois a ajudou um pouco.

Pouco depois, o almoço ficou pronto, e Adelaide já tinha na ponta da língua uma reclamação em relação à comida servida. Magno inspirou-lhe que ela já tinha extrapolado, então, Adelaide calou-se, sentindo muita ira, principalmente porque Jane se comportava com o filho e com Madalena como se nada tivesse acontecido.

Adelaide não se perguntava o que era óbvio: por que Jane estaria diferente com o filho e com a empregada? Eles nada haviam feito de errado. O que ela, Adelaide, faria se alguém tivesse o mesmo comportamento em sua casa?

À tarde, Jane saiu com o filho e Madalena para fazerem compras. No dia anterior, Jane até pensara em convidar a irmã, mas, depois do que acontecera, preferiu não chamá-la.

Adelaide sentiu-se ofendida, mas ao mesmo tempo ficou feliz, pois poderia xeretar tudo livremente nas duas horas que a irmã ficaria fora.

A primeira coisa que Adelaide fez foi entrar no escritório de Eduardo. A mulher sentou-se à mesa do gabinete e abriu gaveta por gaveta, detendo-se em papéis ali guardados: relatórios, expectativas de mercado, coisas das quais ela nada entendia.

Depois de examinar tudo nas gavetas, a ira de Adelaide voltou. Ela olhou nas estantes, onde havia muitos livros do cunhado e da irmã, e nem sequer lhe passou pela cabeça que, ao alcance de suas mãos, lá estavam caminhos para o aprendizado. Magno até tentou inspirá-la, mas Adelaide bloqueou.

Todos os sentidos de Adelaide estavam voltados a encontrar um deslize do cunhado, seja nos negócios ou na vida com a esposa.

Ela olhou a hora e calculou que Jane logo chegaria. Adelaide queria continuar a procurar, só não sabia mais onde, então, foi para o quarto relutante.

Adelaide não acreditava em honestidade, fidelidade e amor. Amor que ela bloqueava do marido, dos filhos e da irmã para não receber. Não acreditava que o sentimento fosse sincero e sufocava sua própria capacidade de amar em nome da tirania que queria exercer. E pior: mantinha-se cega a todos os exemplos à sua frente.

***

Eduardo chegou em casa e, como ainda tinha trabalho para terminar, foi ao escritório. Logo ao entrar, percebeu que o cômodo fora remexido.

Acreditando que Madalena mexera no escritório para limpá-lo, Eduardo percebeu que algumas coisas não estavam exatamente como ele deixara, mas entre chamar a empregada e reclamar ou deixar ele mesmo do jeito que gostava, preferiu a segunda opção.

Ao abrir as gavetas, Eduardo notou que elas também estavam mexidas. Suspirou, tendo em si a certeza de que fora Adelaide quem vasculhara o escritório, enquanto sua esposa estivera fora.

Uma tristeza envolveu Eduardo, que se sentou pensando: "O que fazer?". Ele analisou-se e percebeu que realmente não gostava de Adelaide, porém, gostava dos filhos dela, de Alberto e ainda necessitava levar em conta o que Jane sentia. A esposa amava a irmã, e por isso aceitara hospedá-la.

Ele questionava-se: "Será que pela felicidade de Jane devo tolerar isso? Adelaide mexendo em minhas coisas?". Ninguém gosta de ter sua privacidade invadida, mas, por mais que Adelaide vasculhasse as coisas de Eduardo, nada encontraria para incriminá-lo, pois nada havia.

Outra preocupação envolveu Eduardo. E se a cunhada colocasse ali alguma prova falsa? Ele até gelou. Adelaide caluniara o próprio filho, como, então, confiar nela? Ele avaliou novamente o que fazer, levantou-se, foi até a porta e chamou Jane, que apareceu com o filho ao seu lado. Na sala, Adelaide já inventava uma defesa. Sem escrúpulos nenhum, juraria que não entrara lá.

111

Delicadamente, Eduardo sorriu, dizendo ao filho:
— Fique na sala. Preciso falar sozinho com sua mãe.

O garoto deu meia-volta e afastou-se, sem preocupações. Por mais que Eduardo quisesse parecer natural, Jane sentia algo o incomodando profundamente. Conhecia o marido em todas as suas nuances.

Assim que Jane entrou e fechou a porta, perguntou:
— O que aconteceu?
— Quero evitar que aconteça. Sua irmã andou mexendo aqui.
— Deve ter sido Madalena. Sei que não gosta que mexa em suas coisas, mas é preciso limpar.
— E desde quando ela abre as gavetas para limpar e mexe nos papéis? Olhe.

Jane espiou a gaveta que ele abrira e notou que ela fora nitidamente vasculhada e fechada às pressas, deixando amassados alguns papéis. Nada de mais. Eram apenas as contas da casa.

Percebendo que a esposa ficara nervosa, ele disse calmamente:
— Não direi nada. Não gosto que desarrumem minhas coisas, mas vou engolir essa. Estou lhe mostrando por que temo sua irmã. Tenho medo de que ela invente qualquer coisa para usar contra mim. E, Jane, se ela conseguir criar confusão entre mim e você, ela sairá não só dessa casa, como de nossa vida também.

Jane queria ter algo para defender Adelaide, mas não encontrou. Entendia que fora ela quem mexera nas gavetas, pois era bem o tipo de coisa que fazia.
— Sinto muito — disse deprimida.

O marido abraçou-a e tornou carinhosamente:
— Sei que ama Adelaide, pois ela é sua irmã, mas, querida, precisamos ter o pé na realidade. Ela não é flor que se cheire. Temos uma cobra em casa.

— Não exagere!

— Não estou exagerando, Jane. Precisamos ver as coisas como elas são. Falei hoje com Alberto. Quando Ricardo lhe contou o que ocorreu, não exagerou em nada. Creio mesmo que é doença, mas Adelaide não quer se tratar, pois não dói nela, dói nos outros. Esse é o problema desse tipo de doença.

Jane concordou e, abraçada ao marido, jurou a si mesma que não permitiria que Adelaide os separasse, esquecendo-se de que a desconfiança ainda é um mal arraigado em nosso ser e que somente uma confiança férrea não é demolida.

Jane não tinha esse nível de confiança em Eduardo e muitas vezes se perguntava o que fizera para ter um marido como aquele.

Ela conquistara Eduardo havia três vidas e cuidara dele com imenso carinho, quando ele enfrentou uma doença grave que o deixou de cama durante muitos e muitos anos.

Fora uma época difícil. Enfrentara limitações financeiras, abandono dos outros familiares e tantas outras dificuldades próprias de uma situação como essa. Era preciso vigiar atentamente para não se deixar contaminar com o pior que a irmã oferecia.

— Jane, você entendeu? Não quero odiar sua irmã, porém, minha família é sagrada para mim.

— Vou ficar atenta — prometeu ela, beijando-o de leve nos lábios.

Eduardo soltou a esposa, que se foi. Vendo Jane sair, ele percebeu que aquele assunto não acabara ali. Ela sentia ciúme dele, um ciúme que ele acreditava ser comum.

Vendo a irmã sair do escritório e passar por ela sem demais problemas, Adelaide sentiu-se aliviada, mas ao mesmo tempo isso a deixou descontente.

A situação a incomodara tanto que ela resolveu subir para o quarto que ocupava e ali ficou flutuando entre o despeito e a autopiedade, como se Jane fosse merecedora de tudo

113

e a ela só sobrassem migalhas, o que era totalmente errado. Adelaide apenas não sabia conservar e dar valor ao que tinha.

***

Desde que a mãe fora embora, Ricardo passara a preparar as refeições para ele e o irmão. Perseu estava muito deprimido e seu estado aprofundava-se a cada dia com a ausência da mãe.

Não sabendo lidar com a situação, o garoto descontava no irmão. Ricardo, compreendendo que realmente não era nada entre os dois, tentou consolar o irmão e fazê-lo se acostumar com a possibilidade de uma separação entre os pais.

O rendimento de Perseu na escola caíra. Alberto compreendia o que estava acontecendo e esperava que se tratasse apenas de uma fase de adaptação, pois ele mesmo não via possibilidade de reatar seu casamento.

Ricardo, no entanto, ainda tinha essa esperança, por isso ligou para a mãe. Ele acreditava que talvez a saudade a fizesse receber bem os dois filhos e querer voltar. O rapaz não acreditava que ela preferisse a bela casa de Jane a ficar com eles na casa da família, que não fazia vergonha nenhuma a ninguém.

O rapaz ligou e foi a mãe quem atendeu à ligação. Assim que reconheceu a voz do filho, Adelaide bateu o telefone, deixando Ricardo com o fone na mão. Ele tinha vontade de gritar alto a ponto de a mente de Adelaide ser obrigada a ouvi-lo e reconhecer o que fazia de errado. Porém, se isso funcionasse, Jesus e seus enviados já o teriam feito há muito tempo e aplicado à toda humanidade.

Quando Jane falava com a irmã sobre ela fazer um tratamento, uma discussão sempre se iniciava. Adelaide fechava os ouvidos aos conselhos, vindos de onde viessem.

Preocupada com os sobrinhos, Jane passou a visitá-los, mesmo que rapidamente, dia sim, dia não, e percebia a depressão nos olhos de Perseu e a preocupação em Ricardo.

O coração de Jane chorava. Ela também queria convencer Adelaide e, toda vez que chegava em casa e via a irmã, olhava-a especulando quais palavras seriam convincentes para fazê-la iniciar um tratamento ou vigiar-se para mudar.

Jane ainda estava escandalizada com um episódio que ocorrera. Os sobrinhos foram visitar a mãe e, para boicotá-los, Adelaide não os recebeu. Na ocasião, Jane ficou muda, perguntando-se: "Onde está o instinto de mãe? O amor natural que surge já na gravidez? Sufocado". Adelaide até o sentia, mas sufocava para tentar manipulá-los.

Vendo a decepção na cara dos sobrinhos, Jane se segurou para não chorar, mas, depois que eles saíram, ela desabou em um choro escondido do marido, para o qual não relatou os fatos. Eduardo não entenderia.

Jane levou os sobrinhos para a cozinha, serviu-lhes bolo com sorvete, e os três ficaram conversaram sobre futilidades. A dor, contudo, estava presente nos três, e apenas uma pergunta passava em suas mentes: "Como Adelaide é capaz disso?". Assim que Ricardo e Perseu chegaram à casa de Jane, Adelaide se trancou no quarto e não houve argumento que a fizesse sair de lá. A única coisa que ela fez foi espiar os filhos pela janela, de longe, para não ser vista, quando eles foram embora.

Magno tentara de todas as formas fazê-la ver os filhos, ao menos para diminuir a ansiedade de Perseu e ajudar Ricardo, que lutava para perdoá-la. Todos, inclusive o amigo espiritual, se sentiam fracassados, e apenas Adelaide segurava-se com unhas e dentes em sua cegueira. E, mais uma vez, todos, sentindo-se impotentes, se perguntavam: "O que fazer? O quê?".

***

Alberto preocupava-se com o destino de Adelaide. Amava a esposa, mas não da forma apaixonada de antes. Parecia-lhe que o comportamento de Adelaide desgastara aquele sentimento.

Ao saber que a esposa não havia recebido os filhos, Alberto, com raiva e frustração, chegou até a amaldiçoá-la, mas aqueles sentimentos passaram, pois ele não era pessoa de guardar rancor. Àquela altura, contudo, ele a amava mais como um amigo ama uma amiga descabeçada, que cavava a pior das sepulturas: a solidão.

Alberto via os filhos tristonhos, e a alegria parecia não existir mais naquela casa. Nem a morte teria um efeito tão devastador, pois ela por si só traria consolo e não escancararia o egoísmo a que Adelaide dava asas.

Ele sabia que a estada da esposa na casa da irmã não duraria e esperava que aquela situação a forçasse a mudar. Se não aprendesse pelo amor, aprenderia pela dor.

Alberto sentia muito que tivesse de ser assim e compreendia que para Adelaide aquele seria o único caminho, já que ela distribuía o pior a todos ao seu redor e parecia pouco se importar. Era isso que magoava tanto os que a cercavam.

O caos instaurou-se de vez no dia do aniversário de Jane, que acordara feliz da vida na ocasião, pois sabia que Eduardo nunca se esquecia da data. O marido, mesmo sem dizer nada, demonstrara isso por meio de um abraço que lhe dera logo pela manhã.

Jane foi para o trabalho e, quando voltou para casa, parecia ainda mais feliz, o que deixou Adelaide incomodada, pois ela não conseguia apunhalá-la como queria. Parecia que Jane e Eduardo estavam vacinados contra tudo o que ela pudesse fazer.

Adelaide ainda escutava escondida os telefonemas de Jane — até mesmo quando a irmã falava com Ricardo — e ainda fuçava o escritório de Eduardo, que percebia e se irritava.

Na hora do almoço, Adelaide fez um comentário ácido a Jane:

— Você finge bem.

— Do que você está falando, Adelaide?

— Finge estar feliz mesmo no dia em que fica mais velha.

— Por que eu não deveria estar feliz? Tenho uma criança linda e um marido maravilhoso. Agradeço a Deus mais um ano que vivi e rogo a Ele que outros como esse venham.

Adelaide queria estragar o sorriso da irmã. Olhou em volta e pensou em reclamar de qualquer coisa que a empregada tivesse feito, mas sabia que Jane a defenderia.

Madalena, por prevenção, mal falava com Adelaide. Sabia que tinha nela uma inimiga, só não entendia o porquê.

As reclamações de Adelaide não abalavam Jane, que parecia realmente pouco influenciável, o que deixava a irmã ainda mais frustrada.

Adelaide estava na sala, quando o telefone tocou. Jane virou de costas e cochichou algo com a pessoa do outro lado da linha. Fora um telefonema rápido, e Adelaide nem sequer tivera tempo de subir discretamente e ouvir a conversa por meio da extensão.

Ela olhou para Jane, que parecia ainda mais feliz e cujos olhos pareciam brilhar. Adelaide viu também quando a irmã foi para a cozinha conversar com Madalena e ouviu as duas rirem com cumplicidade.

A infelicidade que Adelaide experimentava não tinha tamanho. Mil coisas passavam-lhe pela cabeça, desde uma festa surpresa até um jantar especial.

Não aguentando de curiosidade e sem esconder no tom de voz sua irritação, comentou:

— Do jeito que você é, sei que dá atenção a essas datas. Se houver uma festa surpresa, é melhor me avisar, pois precisarei estar pronta. Não posso me apresentar como mendiga para que você brilhe!

117

O tom de Adelaide chateou Jane, mas ela disfarçou e respondeu:

— Fique tranquila, você não sairá de sua rotina — falou e saiu a procurar pelo filho, deixando Adelaide com mil ofensas na garganta. A ansiedade, então, instalou-se na mulher. Ela sabia que algo ocorria e queria saber o quê, pois no fundo desejava boicotar a comemoração. Todos naquela casa já haviam pressentido isso e decidiram mantê-la à parte o máximo que conseguiam.

Por volta das seis da tarde, Eduardo chegou com um buquê de flores enorme, um presente e um cartão, e Adelaide percebeu que fazia algum tempo que não via a irmã. Assim que a voz de Eduardo ecoou pela casa, Jane apareceu lindamente vestida para sair.

Trajando um vestido novo, maquiada e de cabelo arrumado, Jane correu para o marido, e os dois se abraçaram e se beijaram como se não houvesse mais ninguém no local.

A ira que Adelaide vinha juntando durante todos aqueles dias aflorou. Sem mais nem menos, a mulher pulou sobre os dois, arrancou as flores da irmã, que as segurava levemente, e começou a gritar incoerentemente.

Adelaide, então, começou a bater nos móveis com o buquê, quebrando tudo o que via. Por algum tempo, surpreso e apalermado, o casal nada fez, mas depois Eduardo tomou a iniciativa e segurou-a com força.

Adelaide xingava-os, como se a cena que vira lhe fosse uma alta traição. O menino assustado encolheu-se aos pés da mãe, que, por instinto de proteção, o pegou nos braços e subiu as escadas apressadamente.

Eduardo conseguiu pensar e, mantendo Adelaide imobilizada, gritou, sem notar que a esposa não estava mais presente:

— Chame uma ambulância, a polícia, o manicômio, sei lá!

Madalena pegou a lista telefônica e chamou a polícia, pois era mais fácil. De maneira confusa, a empregada, tremendo muito, explicou o que acontecia. Ela estava apavorada e tinha certeza de que o caso de Adelaide só podia ser loucura. Além disso, acreditava que loucos eram perigosos, e alguns realmente são.

Adelaide sentia as mãos fortes do cunhado a segurá-la firmemente, machucando-a um pouco, mas não parava de se debater e de gritar.

A polícia chegou, e Madalena, ainda tremendo muito, foi abrir o portão. Eduardo mantinha Adelaide bem segura, enquanto ela se debatia, xingava e tentava chutá-lo. Os dois policiais acreditaram que se tratava de uma briga entre marido e mulher.

Os dois homens deitaram Adelaide no chão, segurando-a firmemente, e perguntaram a Eduardo, que também tremia dos pés à cabeça:

— Sua esposa bebe ou se droga?
— Não é minha esposa, é minha cunhada. Ela está morando conosco por uns tempos.
— O senhor tem um caso com ela?
— Credo! Não! Mil vezes não!
— Sua esposa está em casa?

Eduardo nem respondeu; simplesmente desabou no sofá, tentando respirar. Estava tão assustado que tinha a sensação de que não havia oxigênio suficiente na casa. Parecia-lhe que Adelaide quebrara tudo, e de certa forma isso era verdade. Ela quebrara a harmonia que flutuava naquele lar.

Madalena já correu à cozinha e voltou trazendo um copo de água com açúcar para o patrão. Eduardo bebeu tudo em um gole, sem perceber o sabor doce.

Os policiais queriam entender o que acontecera. Adelaide debatia-se, gritava e falava mal do marido, afirmando que ele era um bruto, um idiota insensível, um molenga, um morto-vivo, confundindo, assim, os policiais.

— Senhor, vamos prendê-la até passar o surto, mas depois teremos de soltá-la. O que aconteceu?

Respirando com dificuldade, Eduardo, com poucas palavras, narrou o ocorrido aos policiais, que nitidamente não acreditaram no depoimento. Um deles chegou mais perto de Eduardo e, quase sussurrando, perguntou novamente:

— O senhor tem um caso com ela?
— Não! Se ela está aqui é pelos rogos de minha mulher!
— E onde está sua esposa?

Após ser avisada por Madalena sobre a presença dos policiais, Jane, ainda arrumada, desceu as escadas. Os policiais a olharam e pareceu-lhes que Eduardo dizia a verdade.

Chorando muito devido ao susto, Jane relatou o ocorrido novamente aos policiais, que tentavam entender a situação. Para eles, o ocorrido só teria lógica se Eduardo tivesse um caso com Adelaide, mas naquele momento pressentiam que não. Então, como explicar? Como explicar tanta brutalidade?

Os policiais, por fim, deteram Adelaide por agressão, mas sabiam que em horas ela estaria na rua. Eduardo abraçou Jane. Ele havia feito uma reserva em um restaurante e a noite que planejara tão amorosamente tinha escoado pelo ralo.

Enquanto a polícia levava Adelaide algemada para controlá-la, Jane chorava pois sabia que não poderiam recebê-la de volta e convenceu-se, por fim, do perigo que a irmã representava.

Em voz baixa, Eduardo pediu-lhe desculpas e caminhou até o telefone. Suas mãos ainda tremiam, enquanto ele procurava na agenda o número de Alberto.

Ricardo atendeu à ligação. Eduardo não quis contar-lhe o que acontecera, pois queria poupar o rapaz. Tentando controlar a voz que saía hesitante, perguntou o mais delicadamente que podia:

— Ricardo, seu pai está por aí?

— Sim, mas está tomando banho. Posso ajudá-lo, tio?
— Claro! Peça a ele que me ligue assim que terminar.
— Aconteceu algo com minha mãe?
— Fique tranquilo, está tudo sob controle — respondeu dubiamente, desejando um boa-noite ao rapaz e desligando o telefone. Eduardo detestava mentir, pois acreditava que era covardia, mas não queria assustar o rapaz.

Voltando-se para a esposa, comentou que Alberto estava no banho, mas que ligaria assim que terminasse. Eduardo abraçou Jane e percebeu que ela tentava controlar as lágrimas e queria perguntar algo a ele, mas temia a resposta:

— Será que Adelaide vai parar em um sanatório?
— Creio que não. E mesmo que isso seja necessário, ajudaremos a pagar o melhor lugar possível.

O telefone não demorou a tocar, mas para os dois pareceu uma eternidade. Eduardo soltou a esposa e correu para o aparelho. Ao atender à ligação, ouviu a voz preocupada de Alberto:

— Eduardo, boa noite, aconteceu alguma coisa?
— Seus filhos estão aí perto?
— Sim.
— Saia de perto deles, principalmente de Perseu. Jane me disse que ele está deprimido.
— É verdade — comentou Alberto, pegando o telefone e indo discretamente para a cozinha. Seu coração estava aos saltos.

Eduardo começou a narrar o acontecido, enquanto Alberto ficava cada vez mais abobado. Ele não esperava que Adelaide chegasse a tanto e sentia que aquele surto fora uma crise de ciúme. Temia intimamente que a esposa estivesse apaixonada pelo cunhado.

Finalmente, os dois homens combinaram de ir à delegacia para buscá-la, mas ainda não sabiam o que fazer com ela — e esse era o motivo de desespero de Jane.

121

CAPÍTULO 12

Na cadeia, Adelaide estava um pouco temerosa, porém, começou a se perguntar o que poderiam fazer com ela. Logo concluiu que não podiam fazer nada e sorriu ante essa certeza. Mas o que fazer para separar Jane de Eduardo? Questionava-se por que Jane tivera a sorte de ter aquele marido e ela não.

Todas as vezes em que pensava em Alberto, Adelaide só via nele defeitos e concluía que ele era o pior marido do mundo e que Eduardo era perfeito.

Pouco menos de uma hora dentro da cela na companhia de outras mulheres — que não falavam com ela pois, por instinto, a temiam —, Adelaide foi tirada de lá.

Ela foi levada até a sala do delegado, que, sorrindo e sendo muito simpático, pediu que Adelaide se sentasse e narrasse o acontecido.

Adelaide sentiu em si uma censura — como sentira a tarde toda durante o tempo em que ficara pensando em como estragar a felicidade da irmã —, contudo, como sempre acontecia, ela a bloqueou e disparou a falar mal do marido, afirmando que ele queria interná-la em um sanatório.

Depois, pulou de assunto e começou a falar da namorada de Ricardo e das calúnias que a moça "inventara".

O delegado, treinado para perceber antíteses, fez algumas perguntas a Adelaide e logo percebeu um perfil psicológico complicado, mas que ele não classificaria de psicopático. Enxergava, no entanto, muita inveja na mulher. Ela sempre queria o que o outro tinha e, se não conseguia, tentava desvalorizar, estragar, prejudicar.

Tristemente, Magno chegou à conclusão de que Adelaide continuava escolhendo o pior caminho em cada pensamento e atitude.

Quando Eduardo e Alberto chegaram, o interrogatório já havia terminado, e ela estava sentada em um canto, ainda tentando encontrar um modo de separar Jane do marido e reclamando mentalmente da má sorte.

Os dois homens viram-na sentada do lado de dentro do balcão e identificaram-se ao recepcionista, que tinha um recado do delegado. Ele queria falar-lhes antes de liberar Adelaide.

Alberto e Eduardo ficaram esperando mais de quarenta minutos para serem recebidos pelo delegado, que estava assoberbado de trabalho.

Adelaide só os viu quando os dois homens atravessaram o balcão para o lado de dentro. O coração dela disparou, e ela novamente comparou o marido ao cunhado.

Mentalmente, Adelaide reviu as flores nas mãos de Eduardo e, olhando para Alberto, lembrou-se de que ele nunca fizera aquilo em data nenhuma.

Ela teve vontade de levantar-se e agredir Alberto por ele ser como era. Os dois homens entraram na sala do delegado, que os olhou, analisando-os meticulosamente. Depois perguntou:

— Sentem-se. Quem é o marido?

— Eu, doutor — respondeu Alberto, constrangido.

— Senhor, por que sua esposa não está fazendo um tratamento psicológico?

— Doutor, esse é o nosso maior problema: ela não quer. A lei não me permite amarrá-la e obrigá-la. No entanto, não é caso de internação. O que posso fazer?

O delegado sabia que Alberto estava certo e perguntava-se: "Como posso ajudar essas pessoas?". Depois, virou-se para Eduardo e comentou:

— Embora dona Adelaide tenha tentado distorcer os fatos, percebi que ela tem ciúme do senhor com sua esposa, a irmã dela.

— Ela está em minha casa porque brigou com o marido, porque minha esposa insistiu. São irmãs. Jane a ama muito e teme por ela.

— Adelaide só saiu de casa, porque eu lhe impus que fizesse o tratamento depois que ela caluniou nosso filho descaradamente para a jovem com que ele estava saindo — comunicou Alberto, sentindo uma facada no peito.

O delegado ouvia a narrativa de Alberto e, embora estivesse prestando atenção ao que o homem falava, perguntava-se: "Qual é a causa de todas as perturbações de personalidade que acabam levando as pessoas a terminarem em cadeias por serem extremamente perigosas à sociedade?".

Instintivamente, o delegado entendia que a causa daquelas perturbações não poderia estar somente no meio familiar e social. O que seria, então? Índole, que faz parte da estrutura de personalidade. Os fracassos das pessoas devem-se somente a si mesmas, porque exemplos bons e conhecimento não faltam na vida de ninguém.

Alberto, envergonhadíssimo, terminou de falar, sentindo um fracasso enorme, como se também fosse culpado pelos descaminhos de Adelaide.

O delegado levantou-se da cadeira e disse:

124

— Senhores, como parentes, os senhores precisam encontrar um modo de levá-la a um profissional antes que algo pior aconteça.

— Obrigado — disseram os dois pegando os papéis que o delegado lhes estendera e saindo para levarem Adelaide. Mas para onde?

Alberto sentia-se na obrigação de levá-la para casa por ainda ser o marido, e Eduardo, por sua vez, não queria a cunhada mais em sua casa. Não sabia a que ponto Adelaide podia chegar e temia principalmente pelo filho, tão criança ainda e totalmente indefeso.

Constrangido, ele disse a Alberto:

— Não posso mais hospedá-la. Eu sei que Jane vai sofrer, vai morrer de preocupação, mas o que aconteceu hoje foi um absurdo.

— Vocês já fizeram muito por Adelaide, mas agora ela terá de ir comigo. Quem sabe ela não faça um tratamento?

Com muito dó de Alberto, Eduardo estendeu-lhe a mão, dizendo:

— Para tudo mais, conte comigo e com minha esposa.

Alberto agradeceu, vendo o cunhado retirar-se. Adelaide não os olhava, fingia prestar atenção no outro lado.

Alberto sentiu que Adelaide o ignorava de propósito e teve vontade de deixá-la ali. Queria sumir com os filhos, levá-los para um lugar onde pudesse educá-los em paz. E uma mágoa juntava-se às tantas que ele já tinha. Alberto tinha certeza de que Adelaide se apaixonara por Eduardo.

Não tendo mais o que dizer, ele secamente se dirigiu à esposa:

— Vamos, Adelaide.

— Quero minhas coisas que estão na casa de Jane. Ela não vai me roubar assim não!

Alberto pegou-a pelo braço delicadamente, fez a esposa levantar-se e sussurrou ameaçadoramente:

125

— Estamos em uma delegacia, e eu já estou cheio de suas idiotices. Cale-se e vamos para casa!

Adelaide nunca ouvira tom tão ameaçador no marido e, só pela surpresa — pois não sentia medo —, ela seguiu-o até o carro. Olhou em volta e não viu o carro do cunhado, porém, sorriu sentindo prazer ao recordar-se de que estragara o aniversário de Jane.

Pobre Adelaide! Ela fizera o casal unir-se ainda mais. Muitos aniversários viriam, e ser festeiro fazia parte da personalidade de Eduardo.

Já era madrugada quando Adelaide e o marido entraram em casa. Ricardo não havia dormido ainda, preocupado com o que o pai dissera: que precisava ir à delegacia porque Jane e Adelaide haviam brigado.

O rapaz conhecia a tia e ainda mais a mãe e temia que ela tivesse feito algo a Jane. Assim que ouviu o carro entrando na garagem, Ricardo espiou pela janela. Perseu dormia um sono agitado, mesmo não tendo ideia do que acontecia.

Ricardo viu que a mãe estava com o pai e não sentiu alegria; ao contrário, uma tristeza maior tomou o rapaz. Ele voltou para a cama olhando o relógio e perguntou-se: "Como vou reagir amanhã? É lícito fingir alegria? Dar boas-vindas à minha mãe, mesmo a temendo?".

Magno tentava fazer Ricardo descansar o corpo para conversarem, pois Adelaide começava a trilhar caminhos espinhosos e faria tudo para carregar a todos, até porque os atos de uma pessoa sempre estão ligados a de outras, e essa é a nossa maior responsabilidade: afetar e nos estimular ao bem.

Esse, contudo, não era o caso de Adelaide, que experimentava um prazer que aumentava a cada momento quando ela lembrava que Jane devia estar na cama, com seu penteado e vestido novo, mas de olhos inchados de tanto chorar por ver sua noite de comemoração jogada no lixo.

Pobre Adelaide! Jane realmente ainda trajava o vestido novo, seu penteado já estava um tanto desfeito, e sua noite fora estragada. Ela chorara muito entregue à preocupação quanto ao destino da irmã, porém, ela perdera muito pouco. Jane teria muitos aniversários e muitas datas a comemorar e mais do que nunca teria também o marido a seu lado, pois sabia dar valor à amizade e ao amor.

Jane ouvia Eduardo tomar um longo banho e sabia que o marido estava cansado da noite em claro. Sabia que ele teria poucas horas para dormir e imaginava se ele conseguiria depois de tanta agitação.

Embora muito deprimida, Jane dava graças a Deus por tê-lo como parceiro, e mais do que nunca Eduardo provara que era merecedor de toda a confiança que Jane tinha nele.

Eduardo saiu do chuveiro vestido apenas com uma bermuda leve de dormir e deitou-se ao lado da esposa. Abraçando-a, sussurrou:

— Não fique assim por Adelaide. Eu não a quero mais aqui, pois creio que é perigosa, mas a ajudaremos na medida do possível. Creio mesmo que se trate de um problema mental. Ninguém pode ser assim... tão má, naturalmente.

Nesse ponto, ele estava errado, pois alguns espíritos relutam muito em reconhecer que o amor e a compreensão são os únicos caminhos a seguir para a evolução e a felicidade eternas.

Jane ajeitou-se melhor na cama e nem se lembrou de que ainda estava de vestido. A roupa era apenas um detalhe da comemoração, e, envolvida pelos braços do marido, que parecia transmitir-lhe força, ela dormiu esquecendo as vicissitudes.

Adelaide morreria de ódio se pudesse ver que, passada a tempestade que ela provocara para atrapalhar o casal, Eduardo e Jane uniram-se ainda mais, e essa é uma qualidade do amor.

***

Influenciado pelos passes de Magno, Ricardo conseguiu dormir não mais que meia hora, tempo suficiente para o amigo espiritual instruir-lhe a como tratar a mãe e ajudar Perseu e o pai. Uma situação difícil para qualquer um, principalmente para um jovem ainda na adolescência e que lutava para perdoar a mãe.

Adelaide ainda dormia quando o marido, mais do que cansado, saiu para o trabalho e os filhos seguiram para a escola.

Quando acordou, a casa estava vazia. Adelaide andou observando tudo e sentiu certo desapontamento, pois parecia que tudo estava em ordem e que ela pouco fizera falta.

A mulher sentou-se preguiçosamente no sofá, sem negar para si que sentia prazer em estar em casa, mas logo seu pensamento nublou-se quando ela se lembrou da casa da irmã.

Adelaide tinha uma imensa curiosidade para saber o que ocorrera depois de sua saída. Ela olhou para o telefone, pensando em falar com Madalena, porém, logo deduziu que não tiraria nenhuma palavra da mulher. Disse em voz alta um palavrão e deduziu que até nisso Jane tinha mais sorte.

Ela pensava em sorte como algo que cai do céu, mas nada cai do céu. Deus não tem escolhidos e, se tivesse, Ele não seria justo e bom. Tudo é trabalho, e o trabalho traz a conquista. As oportunidades são as mesmas para todos.

A fome fez-se presente, e ela foi para cozinha preparar algo para si. Quase que por reflexo começou a fazer o almoço para os filhos.

Ricardo chegou da escola mais cedo, pois queria sentir como a mãe estava antes que Perseu chegasse. Ele olhou-a e, aceitando os conselhos de Magno, deixou que seu amor falasse mais alto.

Ricardo abraçou Adelaide e deu-lhe as boas-vindas. A mulher correspondeu ao abraço, reparou que o filho já estava bem mais alto que ela e percebeu que tivera muita saudade do rapaz. Adelaide perguntou por Perseu e não entendeu por que antes não queria falar-lhes.

Procurou na mente algo interessante para narrar para o filho, mas olhou nos olhos dele e sentiu vergonha por ter saído de casa, por tê-los abandonado e ter se recusado a vê-los.

Ricardo pediu:

— Mãe, atenda ao nosso pedido: faça um tratamento. Duas horas por semana, você nem perceberá.

Adelaide não queria discutir, então, assentiu, mas intimamente não pretendia fazer. Enquanto conversava com o filho, pensava em como obter notícias da irmã por meio de Ricardo. Disse estar preocupada com Jane e pediu a ele que ligasse para a tia.

O rapaz, sabendo o que acontecera, começou a observá-la e notou que os olhos de Adelaide brilhavam de uma forma estranha, como se ela sentisse um prazer incontido. Por isso, Ricardo respondeu de forma gentil, mas com firmeza:

— Minha tia está dando aulas a essa hora.

Adelaide olhou automaticamente para o relógio e assentiu, pois sabia que era verdade. Insistiria mais tarde, porém, Ricardo já decidira que não seria joguete nas mãos da mãe.

O rapaz ainda não conversara direito com Alberto e apenas sabia o que acontecera por alto. Como Ricardo e o pai tiveram pouco tempo juntos pela manhã, Alberto não entrou em detalhes. Além disso, queriam poupar Perseu.

— Eu tenho feito o almoço quando a faxineira não vem, mas prefiro sua comida — elogiou o rapaz para estimular a mãe, sem mentir, pois Adelaide era ótima cozinheira.

— Já comecei a fazer — afirmou ela, virando-se para as panelas que estavam no fogo.

Ricardo ficou de pé na cozinha, desejando ter as palavras certas para incutir na mente da mãe as atitudes corretas, ou, no mínimo, a necessidade de fazer um tratamento. "Essas palavras não existem", concluiu o rapaz rapidamente, retirando-se e indo para o quarto guardar seus cadernos e livros.

Ricardo ouviu quando Perseu chegou e viu o garoto abraçar a mãe com força, pedindo que nunca mais os deixasse. Aquela sinceridade explosiva do garoto mexeu com as emoções de Adelaide, que prometeu, mas sem a sinceridade que deve existir nas promessas.

Do plano espiritual, Magno mentalizava para que Adelaide se deixasse contaminar pelo amor que os filhos sentiam e demonstravam. Apenas ela era ponto de desunião.

***

O trabalho de Alberto não rendeu naquele dia. Ele sentia-se muito cansado devido à tensão e à noite não dormida e estava preocupado também. Alberto perguntava-se que atitude deveria tomar, caso Adelaide não quisesse fazer o tratamento e mantivesse aquele comportamento distorcido.

Alberto tinha decidido divorciar-se de Adelaide, mas, ante aquela situação, a esposa não teria para onde ir. Ele estava certo de que pagaria pensão e ficaria com os filhos, contudo, isso não lhe dava consolo.

Às duas da tarde, Alberto alegou que não se sentia bem e realmente estava com uma forte dor de cabeça. Ele foi para casa sem saber bem o que encontraria, contudo, quando chegou encontrou todos em paz. Perseu jogava *video game*, e Ricardo dormia no quarto.

Adelaide estava nos fundos da casa mexendo em alguma coisa, e Alberto foi até lá para perguntar-lhe como se sentia. Ela foi lacônica, e ele avisou que iria dormir um pouco.

Alberto seguiu para o quarto, tirou a roupa social que usava e vestiu algo leve. Depois, fechou a janela para escurecer o ambiente.

Mesmo muito cansado, com dor e esgotado pelas preocupações, ele demorou a dormir, pois ainda não sabia que atitude tomaria em relação à esposa. Alberto analisava-se e percebia que, apesar de não sentir por ela o mesmo que antes, não a odiava. Por instinto, queria o bem dela e separar-se naquele momento parecia-lhe desonroso.

Ricardo acordou, foi para a sala e soube por Perseu que o pai estava no quarto. Queria saber direito o que acontecera, então, seguiu até lá e, abrindo levemente a porta, viu que o pai dormia. O rapaz fechou-a devagar e foi procurar a mãe, que estava na cozinha.

Adelaide reparou novamente no filho e pareceu-lhe que Ricardo crescera naquele mês em que ela ficara ausente. Dando asas às suas imperfeições, foi logo perguntando:

— E aquela "zinha" caluniosa?

— Não a vi mais. Mãe, a senhora vai ou não vai fazer o tratamento? Eu lhe imploro: faça! O que lhe custa?

— Não sei bem o que seu pai quer com essa história. E vá se preparando! Não sei quanto tempo ainda ficaremos casados. Tenho me perguntado o que vi nele para viver com Alberto durante todos esses anos.

— Viu um homem honesto e bom, um excelente marido e pai — respondeu secamente o rapaz, disposto a não discutir com a mãe, mas também a não ser mal influenciado.

Adelaide parou o que estava fazendo e olhou para o filho. Queria enxergá-lo como a Perseu, mas pareceu-lhe que Ricardo envelhecera e falava como um idoso. Mesmo assim, ela retrucou em tom agressivo:

— Você nem sabe o que é ser marido! Mal tem barba!

— Mas conheço meu pai. Ele é um homem maravilhoso. Não fale mal dele, pois não encontrará apoio em mim. Me dê, objetivamente, um motivo.

— Esta casa é um dos motivos. Viu a casa de Eduardo? Esta faz vergonha!

— Eu não tenho vergonha desta casa, mãe, pois foi comprada com trabalho duro e honesto. Eduardo é um bom homem, gosto muito dele, mas já veio de uma família abastada.

— Pois é. Eu devia ter pensado nisso quando me casei, como fez Jane. Ela foi esperta; eu, idiota.

— Minha tia se casou por amor, eu sei. Se tivesse se casado por dinheiro teria outra classificação.

Na mente de Adelaide repetiu-se a cena de Eduardo chegando em casa com flores e beijando apaixonadamente a esposa. A raiva aflorou em Adelaide, que alegou:

— Eduardo dá flores para Jane, a mima! Quanto a mim, sou escrava! Olhe para mim!

— Escrava, mãe? De quem?

— De seu pai e de vocês! — gritou ela.

Pacientemente, Ricardo disse:

— Escravos não ganham nada em troca; nem sequer laços familiares têm. Meu pai trabalha e nada lhe falta. Nem dinheiro para a manicure.

Como reflexo, Adelaide encolheu as mãos, lembrando-se de que Jane fazia as próprias unhas desde solteira. Ricardo afastou-se, pois sentiu que estava perdendo a paciência, contudo, não queria isso.

Realmente, nada faltava a Adelaide, inclusive carinho e amor dos que a cercavam. Por que ela reclamava tanto, então? Tirania. Mesmo que todos virassem seus fantoches, ela ainda não estaria feliz.

Ricardo foi para a sala, sentou-se perto de Perseu e começou a jogar *video game* com o irmão, contudo, não prestava a mínima atenção à tela. Um só pensamento passava em sua mente: como abriria os olhos de quem não queria enxergar?

***

Alberto acordou e ficou na cama, avaliando bem o que diria para os filhos. Decidiu afirmar a Perseu que a mãe voltara por vontade própria, mas para Ricardo não poderia mentir, mesmo que quisesse poupá-lo.

O quarto estava às escuras, e já não entrava um rastro de sol pela janela. Ele acendeu o abajur e sentou-se. Por que parecia tudo tão ao alcance da mão? Por que o equilíbrio e a felicidade da família dele dependiam apenas de uma atitude de Adelaide, a de querer tratar-se e curar-se?

A porta foi aberta, e Perseu apareceu no brilho da lâmpada do corredor, dizendo:

— Pai, o jantar já está servido.

— Foi sua mãe quem fez?

— Foi.

— Já estou indo.

O garoto saiu, deixando a porta entreaberta. Alberto não queria sair dali. Morreria de fome, se isso resolvesse seus problemas. O homem debatia-se por sentir-se também culpado por crer ser bobagem o ciúme que a esposa nutria por ele.

Alberto foi ao banheiro, lavou-se e seguiu para a cozinha. Sentou-se em silêncio à mesa, sem conseguir olhar para Adelaide. Quando se serviu, perguntou aos filhos como tinham ido na escola.

Perseu começou a falar e a reclamar de um colega. Alberto olhou-o censurando-o, e o garoto calou-se. Ricardo estava muito quieto, e o pai respeitou isso. Adelaide estava irada, pois não conseguira fazer Ricardo ligar para a casa de Jane. Tinha tentado influenciar Perseu, mas também não conseguira.

Adelaide olhou para Alberto. Quem sabe ele lhe diria qualquer coisa? Insinuou a pergunta, e o marido entendeu, mas fingiu-se ocupado demais em alimentar-se. Havia um silêncio fúnebre na casa que apenas Perseu não percebia claramente, embora se sentisse incomodado.

Depois do jantar, Alberto percebeu que ainda não estava preparado para conversar com Adelaide. Reconheceu que sentia muita raiva e que esse sentimento era um péssimo conselheiro.

Alberto retirou-se da mesa e foi para a sala, onde ligou a televisão. Olhava para a tela, sem realmente prestar atenção nela.

Quando Ricardo passou por ele, os dois foram conversar no quarto do rapaz. O pai narrou o acontecido e depois saiu do quarto recomendando que Ricardo nada dissesse ao irmão.

Os dois mantinham a mesma preocupação que os perseguia dia e noite: o que fazer por Adelaide. E, ela acreditava-se simplesmente injustiçada e incompreendida por todos, inclusive por Deus.

CAPÍTULO 13

Jane acordou sentindo seu corpo pesado. Preocupada com a irmã, tivera um sono entrecortado e só conseguia deduzir que um estado de loucura dominava Adelaide.

Ao desjejum, ela e o marido estavam quietos. O coração de Jane só se alegrou quando ela viu o filho e o abraçou muito, como se dele viessem as soluções, mas não vinham. Ela apenas expandia seu amor expressando-o daquele modo, o que lhe trazia alívio.

Eduardo queria fazer mais, muito mais pela cunhada, porém, não por ela em si, mas por Jane. Acreditava que a esposa não deveria se abater tanto por alguém que simplesmente não queria ser ajudada, contudo, entendia que laços de sangue são fortes.

Ele saiu para o trabalho pensando em quem mais poderia ajudá-las. Talvez procurasse algum amigo que conhecesse um médico e convencesse Adelaide a se tratar.

Uma dúvida passava em seus pensamentos: se ele mesmo pedisse ajuda, isso não espalharia o que acontecera? Não criaria fofoca? Não gostava da cunhada, principalmente depois do acontecido, mas não a queria rejeitada pelos que os cercavam ou com a pecha de maluca.

Resolveu conversar discretamente com uma ou outra pessoa, com as que julgava poder ajudar Adelaide de algum modo.

Assim que chegou ao escritório, ligou para Alberto, contudo, ele ainda não havia chegado ao trabalho. Eduardo deixou um recado e pegou novamente a agenda. Ficou procurando um nome às cegas, sem saber que inconscientemente buscava uma inspiração, que acabou não aparecendo. Ninguém entre seus contatos poderia ajudar ou indicar ajuda. Eram parceiros de negócios, totalmente fora do meio médico.

Alberto chegou ao escritório um pouco mais tarde e recebeu o recado que Eduardo deixara. Sentou-se e, olhando o pedaço de papel em que fora anotado o recado, percebeu que estava com uma vergonha enorme, como se fosse o causador de tudo. Resolveu, por fim, não ligar naquele momento, pois não sabia o que diria nem sabia o que fazer.

Diferente de todos, que estavam preocupados com ela, Adelaide só sentia irritação. Gritava com os filhos sem motivo algum, principalmente com Ricardo. Quando o rapaz saiu para a escola, ouviu da mãe que não andasse com vagabundas.

Magno conversara longamente com Ricardo durante a noite, e o rapaz lembrava-se de boa parte da conversa. O restante, contudo, ficara como sensação.

Ele sentia as agressões da mãe com certo dó e não deixava que o mau humor dela o atingisse em cheio, mas permitia que isso o magoasse. Não tinha maturidade espiritual para não deixar que o comportamento dela o atingisse.

Ricardo foi para a escola e, tentando animar Perseu, afirmou ao garoto que a mãe estava com algo parecido com uma doença mental, mas que havia cura.

Perseu estava assustado, pois se lembrava dos perfis psicopáticos sobre os quais lera na biblioteca, e sua imaginação criava figuras de monstros.

Irada com todos da família, Adelaide só pensava em castigá-los. Sorria ao pensar neles desesperados por algo que ela tivesse feito, mas o quê?

Ao sentir essa linha de pensamento, Magno desesperou-se, pois ela só focava em maneiras de atingi-los, sem pensar nas consequências disso para si, principalmente no quanto perderia.

O amigo espiritual tentou muitas maneiras de inspirá-la para que saísse daquela linha de pensamento, mas Adelaide sentia a censura e a repudiava. Em sua mente, ela via todos se curvando às suas vontades, como se fossem escravos, e ela, a senhora do chicote.

Adelaide entregou-se tanto à sua distorção de caráter que apagou de suas emoções a relação existente entre mãe e filho. Olhando a hora, procurou nas gavetas todo o dinheiro que havia na casa. Chegou até a ir ao quarto dos filhos para pegar a mesada que o pai lhes dava para um lanche na escola.

Depois, sem nem mesmo contar direito o dinheiro, foi para o quarto, separou algumas roupas e fez as malas. Ao abrir a porta da frente, lastimou que algum vizinho a tivesse visto, pois queria sair sem deixar nenhuma pista, nem mesmo a de que levava uma mala. Queria ver todo mundo louco para saber de seu paradeiro.

Adelaide não teve o cuidado de fechar a porta da frente, apenas a encostou. Andou até outro trecho da avenida, depois pegou um táxi e foi direto para a rodoviária.

Magno sentia-se impotente. Ainda tentava dissuadir Adelaide, fazendo-a lembrar-se de que sentiria saudades dos filhos, mas ela antegozava a agonia que imporia a todos e estava feliz, crendo que Eduardo pensaria nela com preocupação e que isso causaria ciúme à irmã.

Chegando à rodoviária, pegou o primeiro ônibus que saía, sem se preocupar com o destino, ou onde se hospedaria.

137

Ainda, lastimavelmente, ela só conseguia se focar, infelizmente com prazer, na preocupação que causaria a todos.

    Ricardo chegou a casa primeiro, quase meia hora antes do irmão, e viu que a porta da frente estava apenas encostada. Não se importou, pois, quando havia gente em casa, a porta sempre ficava daquele modo.

    O rapaz chamou pela mãe, contudo, não obteve resposta. Teve certo temor, mas combateu-o acreditando ser exagero. Ela devia estar na casa da vizinha ou ido ao mercadinho próximo buscar algum item que faltava para o almoço.

    Ricardo seguiu para seu quarto e deixou a janela escancarada. O rapaz começou a ler, mas não conseguia se concentrar, sentindo uma agonia. A toda hora, olhava para o portão esperando que a mãe voltasse.

    Ele viu quando Perseu chegou, e isso o alarmou. Saiu do quarto e, passando pelo irmão que entrava, disse:

— Vou até a vizinha buscar mamãe.

    Perseu assentiu com a cabeça, apenas preocupado com o que teriam de almoço, pois já era quase uma da tarde e ele chegava da escola esfomeado.

    Perseu foi para a cozinha e viu que nada havia sido feito e que a louça do café ainda estava ainda sobre a pia. Ele sentiu vontade de chorar, mas controlou-se, crendo ser crescido demais para chorar por tão pouco.

    O garoto abriu a geladeira e começou a comer uma fruta. Ricardo demorava, então, Perseu foi até o portão, ficou olhando a rua e questionando-se: "Por que a mãe e o Ricardo estão demorando tanto? O que será que aconteceu?".

    Perseu viu Ricardo sair da casa de um dos vizinhos e bater em seguida na do outro. O garoto correu ao encontro do irmão e o questionou sobre o acontecido.

    Alarmado, Ricardo respondeu:

— Ninguém viu mamãe.

Perseu sentiu como se tivesse recebido uma punhalada nas costas e, gaguejando, perguntou:

— Será que a sequestraram?

— Não. Quem sequestraria pobre?

Os dois ficaram juntos, terminaram de bater na casa de todos os vizinhos conhecidos, mas ninguém a vira. Ricardo foi também ao mercadinho, porém não a tinham visto por lá também. Não havia mais onde procurar.

Os dois irmãos voltaram para casa, e Ricardo, calado, começou a preparar o almoço. Perseu afirmava que a mãe deveria estar na casa de Jane, e Ricardo pressentia o que acontecera, contudo, ainda negava, segurando-se a um fio de esperança.

Almoçaram e, apesar da televisão ligada, não conseguiam prestar atenção à programação. Esperavam ansiosos que a mãe aparecesse a qualquer momento, contudo, nada acontecia.

O coração de Perseu estava acelerado. Ele tinha vontade de chorar como uma criancinha de cinco anos, mas segurava-se. Era como um teste de maturidade. Ricardo ia da raiva ao dó e parecia-lhe que a cada hora um universo o separava da mãe.

Às quatro horas da tarde, Ricardo resolveu ligar para o pai e relatou-lhe como encontrara a casa aberta, que fora de vizinho a vizinho perguntando pela mãe e concluiu dizendo que ela ainda não chegara.

Alberto teve um acesso imenso de raiva, pois sentia que Adelaide tentava manobrá-los novamente e que faria os filhos sofrerem por isso.

Ele pediu calma aos garotos, mesmo não conseguindo controlar-se completamente, e repassou na mente a vez em que Adelaide tentara suicídio só para manobrá-los. Alberto perguntava-se: "O que ela está tentando desta vez?", mas nem suspeitava do que a esposa fizera.

139

Quando chegou em casa e viu a aflição dos filhos, Alberto sentiu-se irado e frustrado e amaldiçoou o dia em que se casou. Por fim, decidiu não procurá-la, desejando que ela saísse da vida deles de vez.

Alberto afirmou isso em voz alta e firme, embora não sentisse essa firmeza. Perseu não segurou mais o choro, e Ricardo revoltou-se com a atitude do pai.

Alberto voltou atrás e chamou a polícia, dando Adelaide como desaparecida, e só então surgiu a ideia de verificarem se ela levara consigo roupas e dinheiro.

Vasculhando a casa, descobriram que Adelaide não só levara a mesada dos filhos como também o dinheiro da conta de luz que Alberto encarregara Ricardo de pagar no dia seguinte. A conta, que ficara junto com a fatura, continuava lá, mas o dinheiro não.

Alberto flutuava entre a ira completa e a culpa, por ter dado aos filhos uma mãe daquela. O policial fazia-lhe perguntas indiscretas sobre a vida íntima do casal, sem respeitar a presença de Perseu ali do lado. Já era a terceira vez que Alberto respondia àquelas perguntas, pois percebia que eram as mesmas, mas feitas de outra forma.

Quando os policiais saíram, Alberto ligou para Eduardo e narrou-lhe o desaparecimento proposital de Adelaide. O cunhado também entendera que ela queria incomodá-los e, enquanto falava com Alberto, olhava para Jane, que tinha os olhos vermelhos e inchados. Eduardo percebeu que ela chorara horas antes e certamente pela irmã.

Depois de desligar o telefone, Eduardo aproximou-se da esposa, questionando-se intimamente por que Adelaide fazia coisas como aquela, já que podia ser feliz e tinha tudo para isso. Alberto era um homem equilibrado, Adelaide tinha filhos maravilhosos e todos queriam ajudá-la, menos ela — avaliou pela milésima vez, contrariado.

Eduardo sentou-se ao lado da esposa, passou o braço pelos ombros de Jane e disse com lástima:

— Sua irmã aprontou mais uma.

— O que foi desta vez?

— Sumiu. Levou uma mala com roupas e todo o dinheiro que havia na casa.

Jane olhava para o marido, como se ele estivesse falando uma língua que ela não entendesse, e levou alguns segundos para processar as palavras.

— Como assim?

— Alberto já chamou a polícia para a procurarem.

Os olhos de Jane encheram-se de lágrimas e ela começou a chorar novamente. Eduardo sentia o coração da esposa partir-se em mil pedaços, então a abraçou mais uma vez e pediu-lhe carinhosamente:

— Não fique assim. Para onde ela pode ter ido? Quanto dinheiro pode ter pegado? Terá de voltar. Confie. Ela é tirana, mas não é estúpida.

Eduardo estava errado, pois toda tirania tem seu lado estúpido, e com Adelaide não era diferente.

Jane perguntava-se como alguém de sua família podia fazer algo como aquilo, sem pensar nas consequências. A mãe delas era idosa. Será que Adelaide não pensava nisso e no desgosto e na preocupação que infligia a todos?

Era somente neste lado que Adelaide pensava com prazer, no que estava fazendo todos passarem, esquecendo-se, contudo, de que toda ação tem uma reação.

141

CAPÍTULO 14

Quinze dias já haviam se passado do desaparecimento de Adelaide. Envolvido em preocupações, Alberto nem se lembrou de que ele e a esposa tinham uma conta conjunta e que seu salário era depositado nessa conta no início do mês.

Em frente ao caixa, Alberto ouvia apalermado a explicação do atendente:

— Não há fundo. Uma parte foi retirada ontem e outra hoje de manhã.

— Eu não movimentei.

— Senhor, houve duas retiradas feitas em cidades diferentes.

— Não é possível.

— Lastimo. Seu cartão foi furtado?

— Não.

O cartão de Alberto estava na mão dele. De tão chocado, nem respondeu e saiu da frente do caixa. Ele jamais desconfiara de que Adelaide fosse capaz de algo assim e viu à sua frente contas atrasadas e a angústia de não ter como pagar a alimentação dos filhos. Essa era a mulher com quem se casara ou estivera cego até aquela data? O que fazer? Seus filhos e ele próprio não poderiam passar fome.

Se Alberto pudesse, esconderia até de si mesmo aquela atitude de Adelaide. Precisava pedir dinheiro emprestado para não terem os serviços de água, luz e telefone cortados e para fazer as compras no supermercado.

E foi a Eduardo quem Alberto pediu dinheiro emprestado, rogando ao cunhado que não comentasse com mais ninguém, nem mesmo com Jane, sobre o roubo da esposa. Sim, era roubo, não tinha outra classificação para aquilo.

Eduardo também não queria que a esposa sofresse ainda mais, pois, a cada dia sem notícias da irmã, Jane deprimia-se, crendo que teria evitado o que acontecera. Ela, contudo, não teria, pois não podemos fazer escolhas pelo outro.

A mãe de Adelaide e Jane já estava adoentada de tanta preocupação. Adelaide não tinha ideia do quanto podia fazer sofrer, mas logo saberia o quanto sofreria por entregar-se sem censura às más índoles.

Magno também estava muito entristecido, pois sabia que aquele caminho escolhido por Adelaide a levaria ao fracasso e que ela, a cada dia, se distanciava da boa influência de quem a amava.

Para prevenir-se de outro desfalque, Alberto fechou aquela conta e abriu outra. Sua ira aumentou e não era passageira, e ele começou a nutrir ojeriza pela esposa.

A polícia entendia que a Adelaide não queria ser encontrada e apenas expediu um mandado para a delegacia da cidade onde Alberto acreditava estar a esposa.

O amor e o respeito que um dia Alberto nutrira por Adelaide, dia após dia, se transformava em mágoa e decepção. Ela destruía o pouco de bem que plantara.

***

Quase dois meses se passaram do desaparecimento de Adelaide, e naquele dia os atos dela tivera mais uma

143

consequência: a mãe de Jane e Adelaide, abatida devido ao desaparecimento da filha, ficara doente e morreu. Ela não podia crer que a filha se afastara de todos por vontade própria e por tanto tempo.

Magno já tentara inspirar-lhe que isso era verdade, mas ela se recusava a crer, pois acreditava na educação e no amor que dera aos filhos, esquecendo-se, porém, de que havia sempre a índole. Adelaide escolhia o que de pior sua índole oferecia e não lutava para combater a imperfeição.

Quando soube da morte da sogra, Eduardo, a pedido de Jane, anunciou o falecimento em um jornal de grande circulação. Se Adelaide lesse o informe, talvez aparecesse para o enterro da mãe.

Apenas Jane, Ricardo e Perseu queriam realmente que Adelaide aparecesse. Nem Eduardo nem Alberto desejavam que isso acontecesse Avaliavam que, se Adelaide fora egoísta em não ter se preocupado com os sentimentos da mãe idosa quando ela ainda estava viva, nessa circunstância da morte, pouco lhe importaria o momento do enterro. Respeitar e fazer alguém feliz são atos necessários na vida encarnada, pois depois pouco importam as homenagens no enterro.

Magno, ali presente, pensou em uma frase que às vezes lhe surgia na mente: "Quem não me deu rosas na vida não precisa me oferecê-las na morte".

Eles não sabiam que a sogra mal se desligara do corpo e já saíra à procura da filha. Quando a mulher encontrou Adelaide, percebeu que, mais tarde, ela precisaria do perdão de todos. Agora, estava feliz com o que fazia, sem preocupar-se com mais ninguém.

Como os afins atraem os afins, Adelaide gastava o salário do marido com pessoas do mesmo naipe. Desperdiçando suas tardes a beber cerveja e a falar abobrinhas, logo viu o dinheiro acabar. Procurou emprego e conseguiu encontrar um em uma casa noturna; trabalhava à noite e dormia grande parte do dia.

Não queria mais saber da família nem dos filhos. Parecia que sua capacidade de amar nunca existira. Até existia, mas estava sufocada pela má índole e tirania.

Na madrugada da morte da mãe, quando saía do emprego, Adelaide sentiu um aperto no peito e pela primeira vez teve vontade de ligar para casa. Magno ainda tinha esperanças de que ela voltasse atrás e mentalmente levou ao conhecimento de Adelaide a morte da mãe. Ela, contudo, refutou aquele pensamento, pois se ligasse poderiam descobrir onde estava e incomodá-la.

Adelaide acreditava que naquele meio tinha amigos. Que ilusão! Não tinha. Havia muita conversa fiada, cantada de bêbados, brigas entre as dançarinas.

A mãe, livre do corpo denso, flutuava ao redor da filha, assistida por Magno. A pobre senhora dizia chocada a ele:

— Ela se perdeu! Prometeu se esforçar e se perdeu. Como ficará quando precisar encarar a todos? Eu acreditava que tinha conseguido reeducá-la.

— Eu a trouxe aqui, porque a senhora estava desesperada de preocupação com Adelaide e não acreditava que havia sido escolha dela. Veja, ela está bem. Agora vamos. Seu lugar não é mais aqui.

— Magno, me prometa que não deixará de tentar ajudá-la. Percebo que meus netos têm se distanciado emocionalmente da mãe, e Alberto roga que nunca mais se cruzem. Como ela pôde fazer isso?

— Senhora, sabe que minha influência só pode chegar até onde me permitem, não sabe? Todos nós temos livre-arbítrio. Vamos.

— Ainda não. Será que conseguirei falar com ela?

Os dois ficaram calados, enquanto Adelaide entrava em silêncio na pensão onde morava. Ela foi para o quarto que ocupava e tirou a roupa. Sentia-se cansada de estar de lá para cá a noite toda. Deitou-se agitada. A presença da mãe emocionada mexia com ela, mas Adelaide não conseguia identificar o que ocorria.

Levou algum tempo para dormir e, auxiliada por Magno, desdobrou-se. Ao notar a presença da mãe, ficou paralisada, sentindo muita vergonha, e compreendeu que a progenitora havia morrido.

Ante o choque, Adelaide reacoplou-se ao corpo de uma vez e acordou assustada, ainda com a imagem da mãe em sua mente. Tentava não acreditar na informação que lhe surgiu à mente.

Adelaide sentou-se na cama e pensou novamente em ligar para casa, mas não queria falar com Alberto ou com qualquer um dos filhos. Pensou em ligar para Jane, porém, também se recusou em seguida. Não queria repreensões.

Sentia certa saudade da mãe e lembrou-se de que ela já era idosa, então, logo lhe surgiu a certeza do falecimento da genitora. Adelaide, contudo, apenas se lembrou de acusações para fazer, muitas delas injustas. Como podia crer que a mãe apoiava mais Alberto que a própria filha? Mas como alguém com o mínimo de senso apoiaria as atitudes de Adelaide?

Percebendo que nada poderia fazer pela filha e que os pensamentos de Adelaide a magoavam, a mãe aceitou afastar-se dali, sendo levada por Magno para os orbes de socorro.

Depois de algum tempo, Adelaide voltou a dormir. Quando acordou, o relógio marcava quatro da tarde. Ela tomou um banho e foi para a cozinha.

A dona da pensão, uma senhora chamada Solange, sorriu-lhe simpaticamente e disse:

— Está com uma carinha cansada.

— Não dormi direito.

— Precisa procurar outro emprego. Trabalhar à noite acaba com a gente.

Adelaide sorriu. Acreditava que Solange era estúpida, pois lhe contara uma história inventada e a mulher aceitara.

Tomando um café tardio, Adelaide expressou o que sabia, mas sem querer acreditar:

— Dona Solange, a senhora crê que as almas podem avisar os vivos quando morrem?

A senhora olhou-a longamente, questionando:

— Por que me faz essa pergunta?

— Bobagem. Sonhei que alguém vinha me avisar de que havia morrido.

A mulher benzeu-se, pensativa:

— Deus pode permitir. Ele é só bondade. Com quem você sonhou?

Adelaide não queria dizer, pois se lembrara de que inventara uma história de que não tinha parente algum, que seu pai morrera quando ela era criança e que a morte da mãe fora o estopim para que procurasse um novo destino.

— Esqueça! É bobagem.

Ante a atitude de Adelaide, a senhora deu de ombros e começou a falar sobre coisas corriqueiras.

Depois de alimentar-se, Adelaide foi tomar um banho. Enquanto se banhava, pensava que morava em uma casa confortável, onde havia alguém que fazia tudo e cujo aluguel não era muito alto. A única obrigação que tinha era lavar suas roupas, somente as suas.

Realmente, sua capacidade de amar era muita baixa, pois quem ama cuida e o faz com carinho.

Solange era viúva e morava em uma casa de três quartos, onde um dia os filhos moraram. Um vivia em uma fazenda e era engenheiro agropecuário; o outro morava na capital e era dentista. Ela não quisera morar com nenhum ou depender deles.

Alugar os dois quartos que sobravam era muito bom para ela. Tinha um dinheiro extra e duas inquilinas, que de certo modo também lhe faziam companhia. Adelaide era uma delas e já morava ali havia quase um mês.

Solange não se intrometia na vida das inquilinas, procurava ser discreta, mas sentia que havia algo errado com Adelaide. Ela nunca recebia cartas, e a senhora perguntava-se: "Mesmo que não tenha parentes, será que nunca teve uma amiga? Nunca ninguém lhe escreve ou telefona, e ela não fala de ninguém. Se algo lhe acontecer, para quem aviso?".

***

Fazia seis meses que Adelaide estava morando naquela cidade e naquela noite brigara com o patrão. Sua personalidade não melhorava e ela já estava se enchendo de obedecer a ordens.

Não era nem duas horas da madrugada, e Adelaide saía do trabalho; fora despedida. E, enquanto se dirigia à pensão, só desejava voltar e xingar ainda mais o patrão.

Chegando à pensão, Adelaide bateu a porta com força, esquecendo-se de que pessoas estavam dormindo e fazendo-as acordar assustadas.

Ela subiu para o quarto que ocupava e lá ficou tramando uma vingança. Mas o que fizera realmente o patrão? Pedira que ela ajudasse na cozinha, pois um dos cozinheiros faltara devido a uma enfermidade.

Adelaide não quis cooperar, pois desejava desfilar entre os clientes, ouvir gracinhas e flertar com um e outro, enquanto servia bebidas, por isso se recusara.

O homem insistiu e, vendo que ela não iria, deu-lhe uma ordem, o que bastou para que a tirania de Adelaide emergisse. Ela gritou com o chefe na frente dos clientes e, ante a falta de respeito, o homem não tivera opção a não ser despedi-la.

Adelaide tirou a roupa e deitou-se. Passava-lhe pela mente tacar fogo no lugar só por vingança, mas sabia que a avenida onde ficava a casa noturna era sempre muito movimentada — durante o dia pelo comércio e bancos; à noite, pelas casas noturnas e pelos bares.

Sentindo a linha de pensamento de Adelaide, Magno, a cada plano que a mulher arquitetava, começou a fluir-lhe o que poderia não dar certo e as consequências. Finalmente, ele fê-la desistir de seus intentos. Já amanhecia, quando Adelaide conseguiu dormir.

Adelaide acordou pouco depois do meio-dia, e Solange, muito delicadamente, cobrou dela o combinado: que entrasse na casa em silêncio. Aquilo foi o suficiente para Adelaide gritar com a senhora e xingá-la de tudo quanto lhe passou pela mente. Depois, ela voltou para o quarto, arrumou suas coisas e saiu, amaldiçoando tudo e todos e dirigindo-se à casa do patrão para cobrar-lhe a parte do pagamento que o homem lhe devia.

Solange estava assustada e sabia que os filhos não aprovavam o fato de ela alugar quartos na própria casa para estranhos. Como havia uma faculdade a poucas quadras dali e muitos jovens estavam afastados das famílias, ela o fazia sabendo que a acomodação era muito útil a essas pessoas.

Alugara o espaço para Adelaide mesmo ela não sendo estudante, pois acreditara na história de uma mulher sem ninguém, mudando de cidade para tentar uma vida nova. Obviamente, não deixava de sentir decepção, pois Adelaide saíra de mala na mão, sem pagar os últimos quinze dias de ocupação do quarto e as refeições.

No íntimo de suas emoções, Solange, com alma boa, sentia o que todos que passavam pela vida de Adelaide sentiam: ela escorregando de suas mãos para um precipício.

Magno, decepcionado mais uma vez, só conseguia pensar que Adelaide fazia questão de dar as costas e fechar portas à sua passagem.

Na casa do patrão, Adelaide, para incomodá-lo, tocou a campainha sem parar. A esposa do homem saiu assustada, reconheceu Adelaide e perguntou da porta da sala:

— O que você quer?

— O que seu marido está me devendo. Me pague, e eu irei embora daqui agora mesmo.

— Ele está dormindo. Você não pode voltar mais tarde?

— Não! Se já estou acordada, que ele acorde também!

— Um minuto.

A esposa do patrão estava angustiada. Queria que o marido pagasse logo o que devia a Adelaide, pois ela parecia perigosa. A mulher sentia subliminarmente os pensamentos de Adelaide.

A rua onde moravam não era movimentada, e Adelaide até viu a casa pegando fogo e o homem arrasado.

Cansado, o patrão resistia em acordar, enquanto a esposa o chacoalhava dizendo:

— Aquela garçonete que você demitiu está aí no portão, pedindo o que você lhe deve.

O homem sentou-se confuso, e a esposa repetiu. Ele, lento ainda, disse:

— Mas agora? Diga-lhe para passar no comércio à noite que eu acerto — disse, voltando a acomodar-se na cama.

— Não! Por favor! Sei que você trouxe o dinheiro do caixa. Levante-se. Faça as contas e pague a ela agora, por favor.

O tom de súplica da esposa fez o marido estranhar. Ela não queria suplicar ao marido, mas sentia um terror rondá-la. Ele pensou por um minuto, e Magno inspirou-o a fazer logo o pagamento.

O homem levantou-se e pediu:

— Abra o portão para ela e peça que me espere na sala. Já vou.

A mulher não queria abrir o portão para Adelaide, mas deixá-la esperando ao portão seria muito mal-educado. Tentou recusar o que sentia.

Voltou à porta, que ficara aberta, e sorriu para Adelaide com as chaves na mão. Encaminhando-se ao portão, disse:

— Ele já vem. Entre. Meu marido está muito cansado, e acordá-lo me deu até remorso.

De mala na mão, Adelaide entrou, sentou-se na sala e ficou olhando cada detalhe do ambiente. A mulher perguntou se ela queria um café, e Adelaide aceitou.

Sem querer deixar a visitante sozinha na sala, a dona da casa foi rapidamente até a cozinha, pediu para a filha coar o café e servi-lo e saiu.

Percebendo que a mãe parecia agoniada, a moça espiou pela porta para ver quem estava na sala e estranhou. Também conhecia Adelaide de vista e questionou-se o porquê da agonia da mãe.

Nem quinze minutos depois, o patrão de Adelaide entrava na sala com as contas prontas. O homem mostrou a ela os cálculos e ficou esperando uma reivindicação. Adelaide, no entanto, pouco entendia daquele assunto, então concordou com o valor, e ele lhe pagou.

Adelaide acabou de tomar o café, deu uma última olhada na sala e saiu.

Mal Adelaide atravessou o portão, a dona da casa soltou um suspiro de alívio. O marido, estranhando, observou:

— Que reação foi essa? Ela não é perigosa; apenas não tem juízo. Já que estou acordado, vou comer algo — disse e seguiu para a cozinha sem mais preocupações. A esposa do homem, no entanto, ficou olhando o portão pelo qual Adelaide passara e pareceu-lhe que um rastro ruim se mantinha onde ela estivera.

Minutos depois, a mulher olhou ao redor e fez o sinal da cruz, pedindo proteção a Deus. Ela pensava: "Quantas vezes já pedi a ele para mudar de negócio? Quantas?". Depois, censurou-se. Ele não obrigava ninguém a frequentar o lugar. Os bêbados e as garotas de programa iam lá por vontade própria, mas ela entendia que estimular o pior das pessoas tinha um preço. A mulher não conseguia avaliar, mas o preço deveria ser mais alto do que ela supunha.

***

Adelaide pegou um táxi e chegou à rodoviária. Em posse do dinheiro, não pensava mais em vingança. Desta vez, queria mudar de Estado, mas para qual? Decidiu ir para algum lugar que tivesse praia e foi o que fez.

Dormiu praticamente todas as horas da viagem e ali foi mais fácil ainda encontrar um lugar para ficar. Muitos hotéis e pensões tinham vagas, pois não era época de temporada.

Assim que optou por um dos hotéis, deixou suas coisas no quarto, tomou um banho e saiu para conhecer o lugar. Adelaide passeou pela praia e ficou olhando as barraquinhas que serviam de tudo.

Sabia que logo precisaria de um novo emprego, mas acreditou que seria algo fácil, esquecendo-se de que fora ajudada por um conhecido de dona Solange para encontrar aquele em que trabalhara — e até nisso era mal-agradecida.

Pouco depois, sentada na praia sozinha, Adelaide viu um homem aproximar-se. Não era uma pessoa má, apenas um viúvo solitário que tinha filhos casados e cujo único prazer era receber os netos pelo menos uma vez por mês em casa.

O homem adorava ver a algazarra das crianças a correr e pular na água e também tinha uma cota grande de antipatia pelo mundo. Ele acreditava que ninguém deveria ficar velho e menos ainda morrer e não entendia que morrer era reciclar as energias que compõem o corpo físico e o espírito.

Adelaide observava-o atentamente e percebeu que ele usava chinelos e bermudas de excelente qualidade. Em pouco tempo, os dois já estavam conversando animadamente, e ele começou a falar das maravilhas que era morar naquele paraíso depois de tantos anos de trabalho duro.

A mulher não queria falar da família, por isso inventou uma história triste sobre si. Mentiu dizendo que seus pais tinham falecido havia pouco tempo e que não tinha irmãos ou outros parentes.

O homem pensou em si, na alegria que sentia com o convívio dos netos, mas também lastimou o que acreditava que estava errado no mundo. Não aceitava o ciclo da vida e desacreditava que uma ordem inteligente reinava sobre tudo.

Pouco depois, sem saber como, Adelaide já estava em um bar, tomando cerveja com o homem e lastimando que ele lhe parecesse tão idoso.

Jovanir não era tão idoso, mas possuía manias que os parentes não suportavam e, se ainda era visitado pelos netos, era porque suas duas noras praticamente obrigavam os maridos a verem o pai pelo menos uma vez por mês.

Aquela amizade era a pura prática da Lei de Afins. Ele tinha traços fortes das características dos antissociais e amargos. Os dois, então, começaram a passar tardes inteiras tomando cerveja, e Adelaide foi deixando escoar o dinheiro que tinha. Procurar emprego parecia-lhe preocupação para os outros, não para ela.

Em dois meses, ela já estava devendo dinheiro ao hotel, o que a fez desesperar-se. Ao encontrar Jovanir novamente, mentiu, disse ter sido roubada e não ter mais um tostão. Ela não lhe pediu ajuda para procurar um emprego; queria e conseguiu fazer que ele a levasse para casa. Adelaide, então, saiu furtivamente do hotel sem pagar o que devia ou dar satisfações.

A Jovanir afirmou que ficaria por poucos dias na casa, mas foi ficando, e ele, sentindo sua solidão diminuir, foi permitindo, permitindo, sem nada lhe cobrar.

Quando os filhos e as noras viram Adelaide morando com Jovanir, inicialmente deduziram que ela seria uma ótima companheira para o senhor, já que ele ficava tão sozinho por tanto tempo. Uma das noras, contudo, sentiu que havia algo errado e chegou a tentar falar com Jovanir, perguntando-lhe se tinha referências da mulher que estava morando com ele.

Jovanir esperneou, gritou que não era mais criança e que não corria perigo algum, afirmando, por fim, que era velho demais para cair em armadilhas.

Mas caiu. Adelaide fazia escoar a aposentadoria de Jovanir como se fosse chuva, e logo começaram as brigas por dinheiro. Pouco tempo depois, ele viu-se endividado por causa dela.

Jovanir gritou que, como Adelaide não fazia nada, desse um jeito de se sustentar, e ela gritou de volta dizendo que Jovanir tinha obrigações com ela. E, no final daquela discussão perigosa, em que até ameaças de morte apareceram, ele jogou tudo de Adelaide na calçada, arrastou-a até a rua e lá a deixou, fechando o portão à chave.

Adelaide ficou ali, gritando impropérios até se cansar. De repente, escureceu, ela juntou suas coisas e ficou ao portão. Seu único pensamento era vingar-se do homem.

A noite veio e para sua sorte estava quente. No dia seguinte, Adelaide teve fome e resolveu bater em uma casa para pedir alimento. Com certa tristeza, ela percebeu que quase ninguém morava ali e que as casas estavam vazias.

Afastando-se dali, Adelaide perambulou por algumas ruas e, vendo tantas casas vazias, arrombou uma que tinha porta frágil. Depois, buscou suas coisas que estavam na calçada e ali se aboletou, sem saber quem era o dono.

Adelaide foi até uma padaria próxima, mentiu dizendo ao balconista que fora assaltada e que não tinha dinheiro para alimentar-se.

Um jovem balconista, que mal ganhava para si, pagou-lhe um café com leite e um pão com manteiga e ainda tentou tirar informações de Adelaide para ajudá-la mais, no entanto, o que recebeu em troca foram mais mentiras.

Em vez de procurar um emprego, Adelaide foi andar pela praia e seu único pensamento era vingar-se de Jovanir. No momento em que seu estômago reclamou de fome novamente, ela foi pedir em outro lugar e recebeu comida, mas à noite, fora de temporada, na cidade tudo ficava fechado.

Ela voltou para a casa que invadira, tomou um banho e escolheu um dos beliches para dormir, sem se preocupar que, de um momento para outro, o verdadeiro dono poderia aparecer.

Pedindo aqui e ali, Adelaide conseguia fazer pelo menos duas refeições por dia, sem notar que aos poucos se tornava uma mendiga e que vivia somente da caridade alheia.

Mais de um mês se passou, e Adelaide continuou não se preocupando que era uma intrusa no imóvel alheio. Como tomava longos banhos quentes e usava água à vontade, logo o dono do imóvel, que recebia as contas em casa, estranhou o aumento do valor do boleto.

O homem decidiu, então, ir sozinho ao local para averiguar o que acontecia, mas não lhe passava pela mente que sua casa de praia estava ocupada por estranhos.

Adelaide dormia, quando o proprietário do imóvel estacionou o carro em frente à casa. Imediatamente, o homem notou a porta arrombada e temeu a presença de assaltantes na residência, por isso decidiu não entrar. Ele foi até a delegacia mais próxima e prestou uma queixa.

Pouco depois, o homem retornou ao imóvel acompanhado da polícia, que entrou na casa e flagrou Adelaide ainda dormindo.

Adelaide foi tirada da cama e, como sempre, xingou, ofendeu a todos e ameaçou atear fogo em tudo. Resultado: foi presa por mais de uma semana, mas pensava que pelo menos tinha todas as refeições.

Quando Adelaide foi solta, os policiais a tiraram dali, colocaram-na na viatura e levaram-na a outro local. Adelaide temeu ser assassinada, por isso, ficou quieta de pavor. Os homens deixaram-na em um lugar quase deserto, com poucas casas, quase todas de luxo e bem seguras, com muros altos. Era impossível arrombá-las sem as ferramentas adequadas.

Ali Adelaide passou dias sem ter a quem pedir dinheiro ou alimento. Não tinha mais nada, apenas o que vestia.

A mulher começou a caminhar pela estradinha de areia onde fora deixada, mas não sabia se estava voltando ao lugar de antes ou se chegaria a outro qualquer.

Adelaide passou noites acordada, com medo de dormir, pois estava cercada por mato. E apesar de todas as inspirações para que fizesse o caminho de volta para a casa de sua família, ela só pensava em vingar-se. Jurava que mataria um e outro, inclusive o marido e a irmã, que nunca lhe haviam feito mal. Ao contrário, Jane a receberia de braços abertos e sofria muito ainda por não saber como e onde Adelaide estava.

Orava para que Deus a ajudasse, e Deus tentava, como sempre fazia por meio dos amigos que conquistamos. Uma palavra de carinho, uma ajuda financeira na hora do aperto, do desemprego, um abraço.

Desnutrida e exausta de tanto caminhar, Adelaide acabou dormindo à margem da estradinha. Um motorista, dos raros que passavam ali, a viu e pensou que fosse um cadáver. O homem parou o carro e aproximou-se.

Vendo que a mulher respirava, ele tentou despertá-la para saber o que se passava. Adelaide não conseguia falar e a imagem do homem parecia-lhe surreal.

Preocupado, o homem, mesmo a vendo suja, carregou-a nos braços, colocou-a no veículo e voltou à vila mais próxima, deixando-a em um hospital.

Como tinha compromissos e, acreditando que cumprira sua obrigação como cidadão, o homem saiu dali, sem saber quem Adelaide era.

No pronto-socorro, o médico diagnosticou desnutrição e fez a única coisa que lhe cabia: alimentá-la. Primeiramente com soro, depois com comida, e em três dias Adelaide já estava bem novamente.

O médico não podia mantê-la ali por mais tempo, então perguntou se Adelaide tinha para onde ir ou se queria que ele ligasse para algum parente ir buscá-la. Adelaide mentiu, afirmando que todos estavam mortos.

O homem ficou olhando-a, sentindo vontade de fazer mais alguma coisa por ela, talvez lhe arranjar um emprego. O médico perguntou se Adelaide tinha profissão, mas ela não tinha. Ele ofereceu-lhe a única coisa que acreditou que ela seria capaz de fazer: ser faxineira no hospital.

Adelaide ofendeu-se. Lavar chão, banheiro alheio era indigno para ela e, novamente, hostilizou quem queria ajudá-la. Nem sequer ficara agradecida pela preocupação do médico.

Ao deixar o hospital, Adelaide recebeu suas roupas de volta. A mulher nem agradeceu por as peças estarem limpas e lavadas, nem se preocupou que alguém o fizera.

Na rua, viu que o lugar onde estava era maior e que nele existia mais comércio. Adelaide chegou a pensar em procurar um emprego, pediu em um e em outro lugar, mas a época de temporada ainda não começara e, consequentemente, a de empregos também não.

No dia seguinte, Adelaide já pedia novamente alimento e dinheiro a um e outro. Um dia, conseguia uma quantia maior; no outro, menor, mas parecia que se acostumara a andar suja, ser andarilha e viver à custa de esmolas e do trabalho alheio.

A temporada de férias começou, e o lugar ficou repleto de turistas. Pedindo a um e outro, Adelaide até tirava um bom dinheiro e conseguiria, se quisesse, comprar uma passagem e voltar para os filhos, que cresciam e passavam a ser homens à revelia dela, que os apagara da mente.

CAPÍTULO 15

Alberto tentava reconstruir sua vida, cuidando dos filhos sozinho. Tinha uma mágoa profunda da esposa e uma sensação de fracasso sempre rondava suas emoções.

Ricardo também sofria muito — até mais que o pai — e sentia-se na obrigação de procurar a mãe, mas onde? Já fizera pequenas incursões, todas, contudo, sem sucesso.

O rapaz nunca saía de casa despreocupado. Onde estivesse, ele procurava a mãe com os olhos, sem deixar que os de perto percebessem. Era como uma ânsia dentro dele.

Certo dia, viu uma mendiga a esmolar perto da praça onde trabalhava e seus olhos encheram-se de lágrimas. Ricardo correu até ela, olhou-a bem e viu que não era sua mãe. Tentou conversar com a mulher para ajudá-la, como se tivesse obrigação em fazê-lo, mas recebeu um palavrão como retorno e um "se eu quisesse ajuda, pediria".

Magoado, como se tivesse ouvido aquelas palavras de sua própria mãe, o rapaz seguiu seu caminho tentando convencer-se de que Adelaide nunca estaria pelas ruas. Ricardo acreditava que a mãe sabia que ele estaria sempre pronto a ajudá-la em qualquer situação e que ele estava ao alcance de uma ligação telefônica, mesmo a cobrar.

Adelaide sabia, aliás, tinha certeza disso. Muitas vezes, Magno pedia-lhe que voltasse para a família, que parasse de viver sem rumo, mas era inútil. Ela não precisava levar a vida daquela forma, mas acreditava que aquilo era liberdade.

Não tinha horário para nada, menos ainda obrigação com alguém, mesmo consigo.

Muitas vezes, à noite, Ricardo perambulava pelas ruas, sentindo que a mãe precisava de sua ajuda, mas Magno, mesmo sendo tão amigo daquela família e sabendo onde ela se encontrava, não o inspirava o lugar onde ela estava. Seria mais uma dor, pois ela ainda não queria ajuda.

Perseu, depois de dias de muito sofrimento pelo desaparecimento da mãe, foi aos poucos se conformando e deduzindo que a mãe não os amava. Ele procurava levar sua vida sem se preocupar com Adelaide e muitas vezes tinha certeza de que, se a encontrasse, não a olharia na cara. Aquilo, no entanto, não era verdade; era apenas a forma que ele encontrara para lidar com o fato e seguir adiante sem chorar diariamente.

Cada um tinha uma forma de lidar com aquela frustração, e até mesmo Alberto já pensava em casar-se novamente. Ele, contudo, sentia um medo enorme de se enganar, de fazer o que ele chamava de "escolha errada". A sensação de derrota que isso lhe causava muitas vezes o impedia até de se relacionar amigavelmente com outras mulheres, algo que os filhos não percebiam.

Aos 23 anos, Ricardo já conquistara sua independência financeira, tinha seu grupo de amigos e viajava com eles parecendo despreocupado, mas nunca estava. O rapaz mantinha-se sempre alerta à procura da mãe, olhando tudo à sua volta com muita atenção, procurando-a. Distraídos e preocupados apenas com a diversão, os amigos do rapaz não percebiam.

Intuitivamente, o rapaz sabia que a mãe estava por aí, perdida pelo mundo, e nutria a certeza de que ainda cruzaria com ela e a ajudaria a sair daquele descaminho.

***

Adelaide tornara-se uma andarilha e, naquele dia, passou em frente ao apartamento de praia de seu cunhado, onde já estivera algumas vezes com a família. A mulher, contudo, nem se lembrou de que havia uma grande possibilidade de seus filhos e de seu marido estarem lá.

Magno inspirou-a, mas Adelaide bloqueou-o. Mesmo assim, a mulher sentou-se no muro baixo que separava a praia da calçada.

Com uma sacola, onde carregava suas poucas coisas, Adelaide ficou olhando alguns rapazes que jogavam bola na areia. A lembrança que tinha dos filhos parecia remota, muito bem escondida em um canto de sua mente. A imagem que surgia era a dos filhos ainda com a idade que tinham quando ela os deixara.

Ricardo corria de um lado para outro, jogava bola com os amigos, mas parou por um momento, olhou a mulher que estava sentada no muro, contudo, a distância era grande.

Um amigo gritou:

— Ricardo, olha a bola!

Adelaide ouviu o grito e seu coração deu um pulo. Ricardo sorriu para o amigo, mas sem tirar os olhos da mulher e já pensando em parar de jogar e aproximar-se dela. Magno implorava que ele fizesse isso.

Adelaide ainda tinha muita vida pela frente e poderia recuperar-se fazendo algo útil, pois a bagagem de frustração que levaria, principalmente depois da morte, seria pesadíssima. Emergiria para ela, de forma clara, sem bloqueios e sem máscaras, tudo o que planejara antes de renascer e a extensão da traição aos que lhe haviam dado oportunidade, recebendo-a na família, além de todas as promessas que estava descumprindo.

Ricardo soltou a bola e caminhou em direção ao muro. Um dos rapazes gritou:

— Hei! Aonde você vai, maluco?

Ricardo voltou-se para olhar o amigo, que, sorrindo, completou:

— O jogo não acabou, e estamos ganhando. Aonde você vai? — repetiu sem entender a atitude do amigo.

Ricardo sorriu e olhou mais uma vez a mendiga que estava sentada no muro. Ele pensou: "O que estou fazendo? Até quando vou procurá-la?".

"Ela é sua mãe. Vá, Ricardo", insistiu Magno, inspirando-o.

— Volto já! — disse o rapaz a seus colegas.

Quando voltou sua atenção para Adelaide e antes que chegasse mais perto da mulher, Ricardo viu que ela saía a passos largos. Vendo-a ir embora, ele sentiu, acentuadamente, a dor que sempre o acompanhava a todos os lugares.

— Venha cá, Ricardo! O jogo está parado por sua causa — afirmou outro amigo, feliz com o divertimento, sem perceber que Ricardo estava a ponto de chorar.

O amigo aproximou-se de Ricardo, dizendo-lhe com felicidade:

— Venha! Não é hora de ir atrás das menininhas. À noite, faremos isso — o rapaz pegou Ricardo pelo braço e colocou-o novamente na quadra improvisada com riscos na areia.

Magno sentia com muita tristeza que Adelaide, mesmo naquele momento, não queria ser abordada. De nada adiantaram suas inspirações, e ele pensou tristemente: "Mais uma oportunidade desperdiçada". Magno, no entanto, não perdeu a esperança. Insistiu, influiu: "Adelaide, retorne à luta para corrigir-se. Não fuja de seus parentes que ainda a amam e desejam ajudá-la".

Adelaide, contudo, continuou ignorando as inspirações, bloqueou-as e respondeu mentalmente de volta: "Não preciso de ninguém. Posso viver muito bem sozinha! Quem precisa de irmã, cunhado, filhos, marido? Eles me enchem. Agora vou para onde eu quiser, sem precisar dar satisfações. Danem-se todos! Danem-se!".

Mais uma vez, Magno decepcionou-se, mas parecia que essa era a única coisa em que Adelaide era *expert*: em distribuir decepção.

Ricardo voltou para o jogo, e Adelaide seguiu seu caminho errante.

Entre aqueles dois quem mais sofria era Ricardo. O rapaz voltou para o jogo, mas sua atenção não estava mais naquela atividade. Ele só pensava em correr atrás daquela pedinte. Se fosse útil, Magno até insistiria na inspiração, mas Adelaide não queria e não permitia qualquer abordagem. O que fazer, então?

Perseu também estava ali, mas do outro lado da rua, tomando um sorvete e vendo o irmão e os amigos jogarem bola. Ele não prestou atenção à pedinte e a cada dia de sua vida matava um pouco a imagem da mãe.

Perseu acostumou-se com outra mulher muito presente em sua vida: a tia. Jane desdobrava-se entre a própria família e os sobrinhos, fazendo papel de mãe dos dois rapazes, pois tinha muito amor por eles.

À noite, quando saíram depois de fazerem um lanche, Ricardo quis afastar-se de todos, dizendo que iria dar uma volta sozinho, insinuando que tinha um encontro com alguma jovem.

Ricardo, então, saiu caminhando de um lado a outro, procurando a mendiga que vira à tarde. Queria aproximar-se dela, como já fizera com tantas outras, e se questionou por que lhe surgia a sensação de que a mãe vivia daquele modo. Talvez ela tivesse se casado de novo e estivesse vivendo muito bem com uma nova família. Ele sabia que a vida cobra crescimento, porém, esquecia-se de que esse crescimento pode ser muito duro quando há resistência.

Ricardo permaneceu no litoral até a noite do domingo, quando arrumou as coisas para retornar. Quando ele e os amigos se acomodaram no carro, Ricardo ainda deu uma longa olhada em volta. Os rapazes riram dele, fizeram piada, pensando que o rapaz procurava alguma namorada.

Ricardo não lhes disse nada, até porque Perseu estava muito feliz e a simples menção da mãe estragaria o momento. Por essa razão, ele entrou calado no carro, manteve os olhos pregados na janela e pensou que, se visse alguém que lembrasse sua mãe, pediria para pararem e iria até ela. Isso, contudo, não aconteceu.

***

Às vezes, Magno até pensava em desistir de inspirar Adelaide, mas isso durava pouco tempo. E lá estava ele novamente rogando a ela que voltasse àquele ponto da praia durante o domingo, enquanto os rapazes ainda estavam lá.

Adelaide, no entanto, evitou o pensamento e seguiu para outro local. Ela sentou-se próxima a um coqueiro e lá ficou pedindo dinheiro aos que passavam a caminho do mar.

Muitas pessoas, quando a viam, condenavam mentalmente a família, deduzindo que, para alguém ter chegado àquela situação, só podia ser culpa de uma família indiferente e mesquinha. Como estavam enganados naquele caso!

Na segunda-feira, Adelaide voltou ao local onde estiveram os filhos, sentou-se no mesmo lugar e ficou olhando a praia quase completamente vazia.

Ela lembrou-se dos rapazes que jogavam bola e olhou para trás, observando detalhadamente quem passava pela calçada. Pela milésima vez, o amigo espiritual pensou com tristeza: "Mais uma chance desperdiçada. Ricardo já se foi, Adelaide. Adelaide, o que você está fazendo de sua vida? Em que mais posso aconselhá-la? Até que ponto posso lhe influir algo? Deus me perdoe, mas se eu pudesse obrigá-la já o teria feito. No entanto, em que isso seria útil? Não seria, pois o aprendizado é o único caminho. Adelaide, como será difícil e dolorida a sua volta".

Todas as inspirações do plano espiritual eram ignoradas por Adelaide.

Muitas vezes, quando adormecia, Ricardo saía em espírito a procurar pela mãe, e ela, também em espírito, fugia dele.

Magno aconselhava Ricardo a aguardar, dava-lhe passes para diminuir a ansiedade do rapaz, e isso, graças a Deus, tinha resultado. Ricardo conseguia, então, seguir sua vida normalmente, mas no íntimo sempre buscava com o olhar a mãe.

Perseu, por sua vez, lutava ainda para matar a mãe em seu coração e jurava a si mesmo que, se a visse um dia, a ignoraria. Ele, no entanto, sabia que aquilo não era verdade. Sentia uma profunda mágoa por ter sido abandonado, mas a amava. Tinha por ela um amor transcendente e estenderia a mão para ajudar a genitora.

Naquele momento, Magno deslocou-se novamente do plano espiritual e aproximou-se de Adelaide, olhando-a e ainda questionando: "O que você está fazendo de sua vida? Tão errante... Não está sendo útil a nada nem a ninguém, nem a si mesma, e continua perambulando de um lado para outro, pedindo aqui e ali, sendo uma parasita do trabalho alheio".

Era claro que ele sabia que aquela experiência de perambular pelas ruas também proporcionaria a Adelaide algum aprendizado, mas tudo poderia acontecer de outra forma, por meio de algo mais produtivo na vida dela. Adelaide colheria frutos mais abundantes, se cultuasse o amor e a compreensão na família, fosse uma mãe carinhosa, atenciosa, educativa, conselheira do marido e dos filhos, e combatesse a inveja que sentia de Jane.

Adelaide levantou o olhar e fixou-o bem à frente. Magno sabia que ela podia sentir a presença dele ali e transmitiu: "Adelaide, o que faz aqui?".

E mesmo sem perceber claramente que falava com outra consciência, ela respondeu mentalmente: "A vida é minha, faço dela o que quiser. Prefiro viver nas ruas a ter pessoas ingratas ao meu redor".

"Analise-se e avalie bem. Quem é ingrato?", devolveu Magno.

Adelaide levantou-se, pegou sua sacola e começou a caminhar. O amigo espiritual ficou olhando-a com uma tristeza enorme: "O que mais poderia fazer? O quê?".

Realmente, o pior cego é aquele que não quer ver.

CAPÍTULO 16

Assim que chegou em casa, Ricardo viu o pai sentado no sofá, assistindo à televisão. Olhou-o longamente, e Alberto perguntou:

— Como foi o passeio?
— Bom. Muito bom.
— Onde está Perseu?
— Chegará daqui a pouco. Passou na casa da namorada.
— Tá bom. Tem jantar. Sei que praia dá muita fome.

Ricardo sorriu e agradeceu. Teve vontade de abraçar o pai e dizer que o amava muito, mas ficou intimidado. Sentia-se homem e achava que aquele tipo de atitude era para crianças. Enganava-se e muito, contudo.

Logo depois, Perseu entrou em casa, e o pai olhou-o e sorriu. Estava bem bronzeado e de olhos brilhantes e sempre ativos, diferente de Ricardo, que sempre parecia melancólico, como se uma tristeza profunda o perseguisse. E era exatamente isso o que ocorria.

— Oi, pai! Tô morrendo de fome!
— Fiz o jantar. É só esquentar. Enquanto vocês se divertiam, eu estava na cozinha — comentou o pai com um pouco de queixume.

O rapaz nem percebeu; largou algumas coisas que tinha nas mãos no chão da sala e foi para a cozinha, onde Ricardo já esquentava o jantar para os dois.

Os rapazes se serviram, e Ricardo queria falar sobre a sensação que tivera de que a mãe estivera por perto, mas onde? Quando?

Perseu não parava de falar e parecia muito feliz, por isso Ricardo nada comentou sobre o que sentia. Não queria tocar naquele assunto tão dolorido para todos.

Quando quase terminavam de jantar, o pai entrou na cozinha e disse em tom autoritário:

— Não deixem sujeira e lavem a louça que usarem — aproximou-se do fogão e colocou água no fogo. Com certeza, faria café. Ainda se alimentando, Ricardo observava o pai e perguntava-se: "O que será que se passa dentro dele? Será que conseguiu apagar o que sentia por minha mãe ou ainda carrega uma ferida aberta, que sangra e dói? Será que ele finge não sentir nada?".

Sentindo-se observado pelo filho, o pai perguntou intrigado:

— O que foi, Ricardo? Se fez alguma coisa errada, diga antes que a bomba caia na nossa cabeça.

Todos riram. Não! Ricardo nunca fazia nada errado.

— É mais fácil um ET aparecer nesta cozinha que Ricardo fazer alguma coisa errada — observou Perseu em tom de chacota.

— Minha preocupação é justamente essa. Comumente, quem nunca faz nada de errado, quando o faz, causa uma catástrofe — observou o pai também brincando.

Magno pensou: "Mas um momento de felicidade em família que Adelaide perde. O que será dela quando perceber o tamanho do seu engano?".

Naquela noite, assim que Ricardo dormiu e seu espírito se viu livre do corpo denso, ele saiu procurando cegamente pela mãe. Sentindo-se procurada, Adelaide, também desdobrada, fugiu e escondeu-se em lugares em que o filho não a identificava, pois seu padrão vibracional estava misturado ao de outros perturbados.

Magno acreditava que só uma alma muito perturbada poderia fugir do amor. Só mesmo alguém muito egoísta, centrado em si, nega tudo de bom à sua volta porque o mundo e as pessoas não são como deseja. Indivíduos assim preferem o isolamento à abnegação, mesmo que mínima.

Como estava muito ansioso, Ricardo não conseguiu manter-se em estado de sono e acordou no meio da madrugada. O rapaz sentou-se no escuro do quarto e voltou a pensar na mãe com uma ansiedade ainda maior.

Ricardo dirigiu-se ao amigo espiritual em pensamento, questionando: "Por que você não me ajuda mais? Os anos se passam, e eu não consigo encontrá-la".

Magno respondeu:

"Ela não quer, Ricardo. Teima e não quer."

"Ela perambula pelas ruas, eu sinto. Como pode não querer uma casa decente, uma cama limpa e não ter saudade de ninguém?"

"Acalme seu coração e espere o momento certo. Eu também estou em compasso de espera. Atento, mas à espera."

"Meu amigo, meu amigo, qualquer dia desses vou enlouquecer de preocupação."

"É justamente por isso que lhe peço que se controle. Não podemos ajudar quando precisamos de ajuda. Não podemos dar o que não temos. Acomode-se para descansar o corpo físico, pois ele tem limites e é preciso respeitá-los. Vou lhe dar passes para que durma. Amanhã, você terá de trabalhar e precisa estar bem. Mas, por favor, não vá procurar sua mãe novamente. Pense em outra coisa qualquer para direcionar seu espírito."

"Tentarei."

Magno ministrou-lhe passes e esperou que Ricardo dormisse profundamente. Quando o rapaz se desdobrou, o amigo espiritual estava lá. O rapaz sorriu e disse:

— Vou tentar não procurá-la mais.

— Ótimo. Vamos ser úteis de outras formas, a outros que pedem e querem ajuda.

Saíram dali. Havia milhões de coisas a fazer e sempre faltavam trabalhadores espirituais, e a causa disso era a falta de equilíbrio e de lucidez.

***

Naqueles dias, todos estavam em polvorosa por um motivo muito especial: Perseu se casaria em três semanas.

Jane havia muito fazia o papel que Adelaide abandonara. Ela administrava tudo, pois em uma casa com três homens a ajuda feminina era essencial.

Jane acompanhou o sobrinho à alfaiataria, ajudou-o a escolher o terno e outras coisas que envolviam o acontecimento.

A noiva de Perseu estava ocupada demais com os próprios preparativos e com os detalhes da nova moradia, onde residiriam após as núpcias.

Jane estava tão envolvida com o casamento de Perseu que supria totalmente a falta de Adelaide, que novamente perdia e muito. Não que os filhos não pensassem nela e lastimassem sua ausência, mas, quando Adelaide os abandonou, abriu mão de tudo, inclusive dos prazeres em família. O que fazer? Livres escolhas, consequências obrigatórias.

Para Alberto, a lembrança da esposa era remota. A desilusão e a revolta já haviam passado e ele simplesmente não pensava mais nela.

Ricardo, no entanto, não era feliz por completo desde que a mãe se fora. O que ele mais queria era a presença de Adelaide naquele momento.

Olhando pela janela do próprio quarto e vendo o portão que dava para a rua, Ricardo mentalizou o surgimento da mãe. Desejou que ela soubesse do casamento de Perseu e estivesse forte e saudável. Não passava por sua mente que todos os outros provavelmente a rejeitariam e não conseguiriam perdoá-la de imediato. Além disso, se ela aparecesse, seria um constrangimento geral e estragaria a felicidade de todos.

Ricardo mentalizou o amigo espiritual e surgiu-lhe na mente a imagem de uma andarilha mal-humorada, que realizava pouco na vida, quando poderia fazer muito mais.

Não passara despercebido a Ricardo que Perseu também andava um tanto triste e ele imaginava que o irmão desejava que a mãe estivesse ali, naquele momento, o que não era verdade. Ao contrário, Perseu não queria vê-la nunca mais, pois pensava no desamparo que sentira quando a mãe se foi sem pensar um só minuto neles, no egoísmo dela e na falta de amor. Adelaide não avaliara um só segundo a dor que causaria à família.

O rapaz pensava: "O que direi a meus filhos? Que a avó abandonou nossa família ou que ela morreu?".

Às vezes, Perseu sentia-se melancólico, mas disfarçava muito bem, tanto que nem a noiva notava quando ele ficava nesse estado.

Ricardo queria dizer alguma coisa para o irmão, mas não sabia o quê. Achava que palavras sábias não teriam o mesmo efeito que simplesmente dizer que o amava e que ele podia contar com Ricardo em qualquer contratempo.

Os irmãos faziam piadas entre si, mas havia certa resistência à separação. A vida, contudo, tem seu ritmo, que sempre prevalecerá.

Era a hora de Perseu casar-se, constituir uma família e seguir seu plano de "voo". Só não estava programado o abandono da mãe. Os passos que planejamos seguir, no entanto, não são rígidos e, durante a jornada, acontecem muitos desvios, às vezes como atalhos, às vezes algo para prolongar os caminhos.

Todas às vezes em que abria o guarda-roupa, Ricardo via o terno do irmão cuidadosamente envolvido em um plástico e parecia-lhe que a vestimenta lhe dizia: "Seu irmão já é um homem e vai casar-se. Veja como a vida corre rápido e como cada minuto é valioso. Amar, ser amado e ser útil às pessoas e ao meio é a única forma de não ter arrependimentos.

Dias antes do casamento, Ricardo sentou-se na cama e, vendo a porta do guarda-roupa aberta, ficou a observar o terno de casamento do irmão para certificar-se de que o acontecimento, que um dia lhe parecera tão longínquo, logo sucederia.

Os dois irmãos cresceram, tornaram-se homens, tinham suas profissões e um destino a seguir, tudo isso independentemente do que a mãe lhes fizera.

Ricardo não se apegava ao passado, mas não podia deixar de pensar que dali em diante o irmão, que dividira com ele o mesmo quarto desde seus tenros dias, passaria a morar em outra casa para sempre.

Emergiram na mente de Ricardo cenas da infância, as alegrias, os desentendimentos, as tristezas, os cochichos e os segredos de crianças, de rapazes e agora de homens.

Ricardo levantou-se da cama, fechou o guarda-roupa e lembrou-se de que precisava buscar seu terno e o do pai naquele mesmo dia. Estariam no altar ao lado de Perseu como sempre estiveram na vida do rapaz: sem abandoná-lo nunca, dividindo com ele os melhores momentos e ajudando-o nos piores.

Algumas lágrimas rolaram pelo rosto do rapaz, e a lembrança da mãe surgiu-lhe na mente. O que Adelaide fazia de sua vida? Todos os dias, a cada amanhecer, escolhia permanecer no erro. Que custo teria isso?

CAPÍTULO 17

O dia do casamento chegou, e Jane apareceu bem cedo na casa, pronta para dar ordens a todos. A Ricardo coube buscar os enfeites do salão de festas; a Alberto, as bebidas encomendadas dias antes; e a Perseu ir à sua nova casa para receber os presentes de última hora.

Quando Ricardo voltou para casa e abriu o guarda-roupa, notou que não havia mais nada de Perseu lá, a não ser o terno de casamento ainda envolvido no plástico, as roupas íntimas e o sapato novo que o irmão usaria na cerimônia.

Ricardo ficou olhando a metade do guarda-roupa vazia, como se tivessem rasgado um personagem de sua vida, o que era bobagem, pois o contato com o irmão continuaria. Não seria diário e tão íntimo, mas ainda muito presente.

Ricardo ainda pensou mais uma vez e chegou à conclusão de que o guarda-roupa vazio significava que os dias se transformaram em anos, que as crianças daquele quarto haviam crescido e se tornado homens prontos para novas experiências como maridos e pais, e que Adelaide tinha perdido cada momento da felicidade de estar com a família e de sentir aquele amor sagrado.

Ricardo sentiu uma pontada no coração ao pensar nisso e perguntou-se onde estaria a mãe e se em algum momento ela pensara neles. Questionou-se também se ela simplesmente teria apagado suas imagens da mente e se era comum pessoas fazerem isso, terem esse perfil de personalidade, ou se isso se tratava de uma doença. Mas o que poderia ser classificado como doença?

Ricardo não sabia, e nem mesmo a medicina clássica tinha essa resposta. Mais uma vez ele teve vontade de chorar, como sempre acontecia quando pensava na mãe e no que ela perdera e perdia diariamente.

Pouco depois, Alberto bateu na porta do quarto do filho, abriu sem esperar permissão para entrar e foi logo dizendo:

— Tome banho, pois já está na hora de nos arrumarmos. Logo mais Perseu chegará e precisará de nossa ajuda. Ele está atrasado — disse o pai ansioso com a correria de última hora.

— Claro, pai.

Alberto olhou longamente o filho e, deduzindo que o rapaz estivesse com as mesmas preocupações de sempre, comentou:

— Estou inseguro se tudo sairá bem.

— Fique tranquilo, pai. Quem diria! Meu irmãozinho se casando.

O pai sorriu, preferindo acreditar que aquele semblante preocupado do filho trazia apenas a saudade que sentiria do irmão.

— As coisas sempre mudam, Ricardo, mas logo teremos os filhos de Perseu correndo por esta casa, e nem dará tempo de você sentir falta de seu irmão. É comum que larguemos umas coisas para pegar outras. Perseu se vai, e eu rogo que ele seja muito feliz. Seu irmão merece, pois sempre foi um bom rapaz.

— Ele será.

— Então, vá para o chuveiro que irei em seguida — disse Alberto saindo do quarto e deixando a porta aberta.

Pela janela, Ricardo olhou mais uma vez para o portão e questionou-se pela milionésima vez onde a mãe estaria. Pegou uma toalha limpa e foi para o chuveiro. Apesar do barulho da água caindo, podia ouvir a voz do pai dizendo a Perseu que ele estava atrasado e sentiu a vibração diferente no ambiente que o casamento trazia.

Quando saiu, gritou para ser ouvido e avisou que já terminara o banho. Ricardo viu quando o pai entrou apressadamente no banheiro, embora não houvesse motivo para a pressa. Perseu estava na cozinha, certamente procurando algo para comer.

Enquanto se trocava, o pensamento de Ricardo voltou-se novamente para a mãe. Adelaide, recostada no muro de uma casa, olhava indiferente a tarde findar-se. Vivia para esmolar, comer e perambular. O mundo para ela parecia uma ilusão, como se tudo que a cercasse não fosse mais verdadeiro. A cena que ela via, de repente, se misturou à outra: a de um rapaz vestindo um terno bem-cortado, que arrumava a gravata e pensava nela.

Adelaide disse um palavrão, cuspiu em um cidadão que passava e levantou-se. O homem apenas a olhou e nada disse. Ele pensou: "Como vou reclamar da atitude de uma mendiga, de um ser injustiçado pela sociedade, uma vítima esquecida por Deus?", deduzia equivocadamente o homem, principalmente porque não há esquecidos por Deus.

Novamente sem destino e pedindo uns trocados a uns e a outros, Adelaide seguiu aquele caminho escolhido, bloqueando totalmente o restante de sua vida, enquanto todos ainda, em maior ou menor proporção, sentiam saudade dela e a buscavam em suas mentes.

Nem passava pela cabeça de Adelaide que todos eles haviam renascido decididos a serem seus amigos, mas ela não era amiga nem de si mesma.

***

O corre-corre passara e chegara a hora de todos irem para a igreja. Perseu falava sem parar, reclamando que o couro dos sapatos novos estava duro e rogando que a noiva não se atrasasse muito e outras coisas sem a mínima importância, só para extravasar a tensão e a ansiedade.

Parecia que Perseu se preocupava com aquelas coisas para não pensar na despedida daquele quarto e daquele ambiente, mas a hora de sair chegou, e os dois irmãos abraçaram-se sem dizerem nada um ao outro. Não havia palavras; havia apenas convivência e união.

Chegando à porta da igreja, os três desceram do carro de Ricardo. Alberto, nas escadarias, abraçou Perseu, tentando não expressar o medo que sentia pelo filho estar entrando naquela nova fase da vida. Uma certeza ele tinha: nunca o abandonaria, por pior que fosse o momento.

Ricardo ainda olhou para a rua e procurou a mãe com os olhos, mas nada viu. Pouco depois, os convidados juntaram-se a eles e subiram as escadarias.

Juntos, Alberto, Ricardo e Perseu esperavam a noiva no altar. Jane e o marido eram padrinhos do noivo, e ela repassava na mente todos os preparativos para a festa, temendo ter se esquecido de algo. Mas não. Junto com os pais da noiva, Jane cuidara de tudo com muito esmero e muita eficiência.

Jane sorriu. Ganhara mais dois amigos: o sogro e a sogra de Perseu. Se Adelaide soubesse disso, se sentiria injustiçada novamente. Mas injustiçada por quem? Quem não conquista não merece e por consequência não tem.

A noiva chegou e entrou na igreja acompanhada do pai. A cerimônia, por fim, foi realizada e logo depois aconteceu a animadíssima festa de casamento, repleta de muita alegria e votos de felicidade aos noivos. Dali em diante, aqueles jovens mergulhavam em uma nova fase de suas vidas.

Ricardo e o pai voltaram para casa, e naquela noite o rapaz chorou sem se preocupar com a possibilidade de o irmão ouvi-lo. Chorava de felicidade por Perseu e de tristeza pela mãe. Nada justificava Adelaide estar longe naquele momento. Como ela se sentiria, nesta ou na outra vida, quando mensurasse o que estava perdendo?

Ricardo chorava pela mãe, não por si, e conseguia avaliar o arrependimento que Adelaide sentiria um dia, mais cedo ou mais tarde. Ele sabia que Deus nunca cria o inferno e que somos nós quem o construímos com cada atitude errada e quando persistimos em mantê-las.

CAPÍTULO 18

Dois anos se passaram, e a família crescera. A esposa de Perseu tivera gêmeos, e, naquele momento, olhando os bebês pelo vidro do berçário, Ricardo sentiu algo indefinido.

Ele sorriu para si mesmo, perguntando-se: "Por que sinto que já conheço essas crianças?". Ricardo realmente as conhecia, pois ambas tinham pertencido àquela família antes.

Alberto chegou, bateu no ombro do filho e brincou:

— Como você não decide se casar, Perseu fez o trabalho pelos dois.

— Não é o momento ainda de eu me casar.

Ricardo namorava uma jovem fazia quase um ano, mas não se sentia preparado para casar-se. Parecia que um lado seu estava vazio.

— Tome coragem! Quero muitos netos para alegrar minha velhice! — comentava o pai extremamente feliz.

Ricardo afastou-se do vidro, andou até a lanchonete no andar de baixo e pensou: "Mais uma coisa que você perde, mãe...".

Mal sabia Ricardo que, naquele momento, Adelaide se sentia muito mal na rua, pois estava com pneumonia e tinha febre alta. Muitas pessoas passavam e nem sequer prestavam atenção nela.

Magno influía a um e a outro que a socorressem, mas as pessoas não pressentiam, pois estavam focadas em suas próprias vidas. Uma jovem, contudo, atendeu ao pedido dele, aproximou-se, olhou Adelaide e gritou aos transeuntes:

— Ela está morrendo! Chamem uma ambulância!

Algumas pessoas estancaram, olharam imediatamente, e uma delas correu até um orelhão para chamar o resgate, que chegou em poucos minutos.

Os socorristas perceberam que Adelaide estava ardendo em febre e a colocaram no veículo. Depois, perguntaram à jovem:

— Você sabe o nome dela?

— Não! Eu estava passando e acho que alguém me pediu para socorrê-la — gaguejou a moça, insegura.

— Você lembra quem?

Embaraçada, a moça disse que não. O socorrista deu de ombros e comentou:

— Nunca sabemos como essas pessoas param na rua, quem são e de onde vêm. Com certeza, não têm família. Que Deus tenha pena dela.

Os socorristas entraram na ambulância, ligaram a sirene e começaram a pedir passagem para chegarem ao hospital mais próximo. Magno não saía de perto de Adelaide, pois queria estar lá no caso de ela desencarnar, o que seria bem precoce em relação ao plano original.

O amigo espiritual nada influíra a Ricardo, pois não queria estragar o momento da chegada dos sobrinhos, contudo, Ricardo sentia algo fluindo de ruim. Seria péssimo se Adelaide desencarnasse sem se arrepender e pedir perdão à família, mas isso não passava pela mente da mulher, apesar dos rogos de Magno.

No hospital, aplicaram os primeiros socorros em Adelaide e deram-lhe um banho. Depois de anos e anos, era a primeira vez que ela dormia em um quarto limpo e em uma cama decente.

Como sua febre estava alta, Adelaide teve a sensação de que aquele conforto era ilusão. Apesar da gravidade da doença, ela foi se recuperando, à medida que os remédios agiam na parte física e os passes em seu perispírito, antecipando a cura.

Adelaide finalmente saiu do coma. Uma das enfermeiras olhava-a e questionava: "Como e por que você foi abandonada?". Magno influiu à jovem: "Ela se abandonou".

A enfermeira tomou um susto, olhou para os lados e, não vendo ninguém, respirou profundamente. Ela tomou o pulso de Adelaide, que acordou ainda muito confusa e perguntou:

— Onde estou?

— No hospital. Populares chamaram o resgate, pensando que você tivesse morrido. Seu caso é realmente grave.

Adelaide mediu a jovem de alto a baixo e calou-se. Parecia que sentia raiva de todo o mundo. Sem perceber o gesto, a enfermeira sorriu-lhe gentilmente e perguntou:

— Acredita que pode se alimentar?

— Se não trouxer algum lixo hospitalar para eu comer! — respondeu grosseiramente.

Ante a grosseria, a jovem perdeu um pouco a empatia que sentira pela doente. Magno sentiu-se decepcionado: "Por que Adelaide precisa ser tão grosseira com todo mundo? O que ganha distribuindo antipatia?". À essa altura, ela acumulara muita raiva do mundo, como se fosse uma injustiçada e não alguém que a todo momento tinha escolhas.

***

Naquela noite, Ricardo mal adormeceu e seu espírito livre mentalizou Magno, que prontamente atendeu a seu pedido. O rapaz disse:

— Nasceram meus sobrinhos. Dois garotos lindos.

— Eu já sei. Me despedi deles quando a miniaturização teve início, mas sempre estarei por perto. Eles sabem disso.

— Magno, hoje senti uma agonia enorme por causa de minha mãe.

O amigo espiritual pensou um pouco se deveria contar a Ricardo que a mãe estava hospitalizada e se questionou se aquela informação teria alguma utilidade. Resolveu que não, pois Adelaide não dava mostras de algum arrependimento e não era agradecida por ter sido socorrida e aos profissionais que lhe davam assistência.

— Não se preocupe com ela. Infelizmente, Adelaide ainda não está arrependida.

— Todos os dias, eu me pergunto como ela pode não estar arrependida...

— Ricardo, muitas vezes a mente é um labirinto, que nos faz cair em armadilhas, e nem sequer mensuramos os resultados disso. Não se preocupe tanto; apenas se prepare para perdoá-la, nesta ou em outra vida.

O rapaz sorriu, pois já perdoara a mãe. Entendia a limitação de Adelaide, mas isso não o fazia sofrer menos e não a tornava menos culpada.

Magno também sorriu e comentou:

— Deus nos coloca onde queremos estar e aonde nosso nível evolutivo nos leva. O problema é que algumas pessoas criam tantas máscaras para suas péssimas atitudes que bloqueiam qualquer tipo de autocrítica. Vamos, Ricardo! Você queria assistir àquela palestra no orbe. Já deve estar começando.

E os dois se retiraram do quarto, indo ao plano espiritual aprender sobre espírito, continuidade da vida e ética, conhecimento que emerge nos encarnados como informação subliminar.

***

Aproveitando a internação hospitalar de Adelaide, Magno queria conversar com ela embora houvesse mais três pacientes no quarto. O amigo espiritual tentou algumas vezes, mas ela não queria ouvi-lo, bloqueando, assim, toda influência que vinha dele.

"Lastimavelmente, ainda não chegou o momento", deduziu o amigo espiritual com certo desânimo. Por outro lado, sempre que estava desdobrado, Ricardo pedia-lhe para ver a mãe, e Magno negava-se a ajudá-lo nesse sentido, pois Adelaide não queria e precisava ter sua vontade respeitada.

Magno já dissera isso claramente ao rapaz, mas, muito preocupado, Ricardo nunca deixava de fazer-lhe o mesmo pedido. Embora muitos anos do abandono tivessem se passado, ele entendia que era melhor se arrepender em vida encarnada do que depois, em que a dor é muito maior, pois todas as emoções ficam mais intensas e as consequências de tudo o que fazemos de bom e ruim se refletem de uma forma muito mais ampla. Mas como agir ante alguém que não quer enxergar isso?

Uma das enfermeiras que cuidava de Adelaide não conseguia entender como alguém podia viver na rua, abandonado. Ela, contudo, não percebia que muitas dessas pessoas não tinham sido abandonadas, mas abandonaram os seus por desvios de personalidade, vícios etc.

Ao dar uma injeção em Adelaide, a enfermeira perguntou discretamente seu sobrenome. A doente olhou-a com certo desprezo e ironizou:

— Para quê? Meu primeiro nome já não lhe basta?

— Tenho um primo que trabalha na polícia como investigador. Ele é uma pessoa muito boa e prestativa. Se eu tivesse mais informações sobre seus parentes, podia pedir-lhe que procurasse sua família.

Adelaide caiu na gargalhada, deixando a moça chocada, e respondeu:

— Quem lhe pediu ajuda, sua enxerida? Não quero voltar para ninguém, pois gosto da vida que levo! Tenho liberdade. Se quisesse, tenho certeza de que aquele banana do meu marido mora na mesma casa até hoje. Nunca foi um homem esperto, é paradão. Nunca teríamos uma casa como a de Jane.

— Quem é Jane?

— A idiota da minha irmã. Agora chega! Não se meta, tá?!

— Senhora, já se olhou? Está magra demais, envelheceu precocemente, e foi salva por um milagre. É assim que pretende continuar?

A observação da enfermeira causou raiva em Adelaide e seu primeiro impulso foi gritar com a moça. Ela chegou mesmo a abrir a boca, mas se calou, pensando: "Realmente, há quanto tempo não me vejo no espelho? Não quero ficar velha precocemente".

Infelizmente, o que doeu em Adelaide foi a vaidade, não outro sentimento mais nobre. Mas se ajudasse Adelaide a fazer o caminho de volta, isso já seria válido.

Adelaide virou as costas para a enfermeira, que, sem poder fazer mais nada, se retirou, tentando entender por que uma pessoa que tem família acaba na rua. E de forma equivocada, deduziu novamente que todos da família eram mesquinhos e que Adelaide era uma vítima.

Adelaide era realmente vítima, porém, não das atitudes dos outros. Ela era vítima das próprias atitudes, pois se entregava à tirania e ao egoísmo sem censura, sem pensar nos outros, inclusive nos filhos, que tanto sofreram e sofriam com seu abandono.

Saindo de perto de Adelaide, a enfermeira ficou olhando-a a certa distância. Trabalhava naquele hospital público havia alguns anos e já vira de tudo. Muitos moradores de rua já estavam perdidos no vício, no álcool, nas drogas, mas Adelaide era diferente. Ela não bebia, não se drogava, e era evidente que sabia exatamente onde morava a família. Como explicar, então, a escolha por aquele caminho, por pior que fossem os parentes?

Magno inspirou à jovem que sua dedução estava errada, que a família procurara Adelaide desesperadamente e que muitos vícios não são químicos, mas emocionais, e se alongavam por vidas e vidas.

Quando isso lhe passou pela mente, a moça sorriu. Ela não acreditava em outras vidas, tinha uma visão materialista das coisas, porém, tinha certeza de que as pessoas precisavam ser respeitadas, amadas e compreendidas, por isso fazia tão bem seu trabalho de enfermeira.

***

Ricardo acordou, olhou para a cama de Perseu, que há muito estava vazia. Lembrou-se dos sobrinhos e sorriu. Era tio agora e queria ser o melhor deles.

Sabia que o pai tinha uma namorada havia anos, que muitas vezes viajava com ela, mas raramente a trazia em casa. Seria uma forma de poupar os filhos? Mas poupá-los do quê?

Quando eram crianças, o rapaz até entendia que isso acontecesse, pois Perseu passara por várias fases difíceis de tristeza e revolta e até fizera acusações injustas ao pai por não conceber uma causa para o abandono. O tempo passou, Perseu aceitou, e havia muito que ele e Ricardo já não eram mais crianças.

Ricardo sentou-se na cama e teve certo dó do pai. Talvez o medo de ser novamente abandonado fizesse Alberto temer casar-se pela segunda vez. E quando ele, Ricardo, se casasse, como ficaria o pai?

O rapaz deu uma longa espreguiçada, lavou-se e foi para a cozinha, onde encontrou o café pronto na garrafa térmica, como o pai fazia todos os dias desde que Adelaide se fora. Alberto cuidava deles, sendo para os filhos pai e mãe.

Ricardo começou a alimentar-se e pediu, mentalmente, para saber onde a mãe estava. Magno sentiu o pedido fluir até ele e, como das outras mil vezes, questionou-se: "Em que isso será útil?".

Ricardo lembrou-se de uma das conversas que tivera com Perseu sobre o que diriam às crianças sobre a avó paterna, pois logo elas começariam a fazer perguntas.

A ideia de mentir causava desconforto em todos, mas dizer a crianças tão pequenas que a avó os abandonara lhes causaria medo. Elas poderiam julgar que isso era regra, não uma exceção.

Pouco depois, Ricardo saiu para trabalhar, entregando sua atenção aos seus afazeres e esquecendo-se de sua preocupação permanente: a mãe.

***

A enfermeira sabia que Adelaide sairia do hospital no dia seguinte. Voluntários tinham lhe cortado o cabelo, feito as unhas e providenciaram-lhe roupas usadas, mas limpas e de boa aparência. Adelaide estava muito diferente.

A jovem, por teimosia, acreditou que Adelaide pudesse ter mudado de ideia e, aproximando-se dela, disse:

— A senhora ficou muito bem com esse corte de cabelo.

— Há muito tempo eu não o cortava, mas sempre o prendia para não me atrapalhar.

— Senhora, vim lhe pedir que me dê alguma informação sobre sua família, pois ainda quero ajudá-la. Tenho certeza de que iriam adorar reencontrá-la.

— Já lhe disse, chata, que eu não quero! Sei exatamente onde está o idiota do meu marido, que sempre foi uma múmia! Duvido que tenha saído do mesmo lugar.

— Não pense nele. Casamentos, às vezes, são frustrados. A senhora tinha filhos?

— Dois, mas nem me lembro da cara deles. Ai, ai. Não quero falar sobre isso. Não insista!

— Senhora, pode ser sua última chance.

— Moça, você não tem vida própria? Tem, não é? Então, cuide dela. Detesto gente enxerida! — Adelaide cortou a conversa grosseiramente.

A enfermeira ainda ficou olhando-a por alguns minutos, procurando um modo de fazer Adelaide entender tudo o que ela estava perdendo. Magno, então, sorriu tristemente, compartilhando com a moça sua frustração. Enquanto Adelaide não quisesse ajuda e bloqueasse toda a inspiração que recebia, nada poderia ser feito.

Vendo que a moça se mantinha ao lado da cama, observando-a, Adelaide ficou impaciente e gritou:

— Saia daqui! Você não tem o que fazer em vez de se meter na vida alheia? Odeio gente boazinha! Odeio! Odeio!

A moça teve um estremecimento de susto e manteve-se paralisada, sem compreender como Adelaide não queria ajuda.

— Vá, idiota! — gritou Adelaide de uma forma que repercutiu em quase todo o hospital.

A enfermeira saiu de perto de Adelaide, e um médico aproximou-se, perguntando com certa censura:

— O que você fez?

— Ela é moradora de rua, e eu queria ajudá-la a encontrar a família, algum conhecido, sei lá.

O médico olhou desconsolado em direção a Adelaide e suspirou:

— Não se magoe, pois ela já deve ter recusado muita ajuda. Deus sempre envia anjos encarnados e desencarnados para ajudar quem necessita, contudo, muitas pessoas não percebem que precisam de ajuda. É como uma cegueira. Só mesmo a grandeza de um Deus para não desistir de nossa raça.

Os olhos da jovem encheram-se de lágrimas, e ela sentiu no fundo de sua alma que o médico estava certo. Ante a impotência, as lágrimas da enfermeira rolavam de lástima pelo futuro de Adelaide.

No dia seguinte, Adelaide teve alta e saiu levando na sacola roupas limpas e alguns remédios para tomar. E, graças àquela enfermeira que tanto se preocupara com ela, estava bem alimentada, pois almoçara antes de deixar o hospital.

Na rua, Adelaide olhou de um lado para outro e logo começou a pedir dinheiro a quem passava, pensando em juntar certa quantia para sair daquela cidade. Ela, contudo, nada fez para que isso acontecesse, ficando apenas no planos.

187

CAPÍTULO 19

Era aniversário dos gêmeos, e as crianças já davam seus primeiros passos. Jane planejara levar todos à praia para comemorarem.

Naquela idade, as crianças, um pouco bebês ainda, nem percebiam toda aquela agitação, mas, quando chegaram ao litoral e viram a praia, gritaram de encantamento.

Ao saber que a família toda iria para a praia, Magno inspirou Adelaide, que continuava perambulando por aqueles lados. Ela, então, os viu em um dos momentos em que a família se reuniu na areia. Adelaide não reconheceu os filhos, mas Jane e Eduardo sim. O casal parecia muito feliz, e a inveja bateu forte novamente.

Adelaide ficou olhando-os a certa distância e acreditou que os rapazes e a jovem que acompanhavam o casal eram filhos de Jane. Pouco tempo depois, mais pessoas se juntaram a eles na areia, e ela deduziu que todas aquelas pessoas não poderiam ser filhos da irmã. "E de quem seriam os bebês?", perguntou-se.

Magno já ia inspirá-la para aproximar-se, mas Adelaide saiu da calçada e voltou a perambular, bloqueando mentalmente a cena. Ela ficou tentando convencer-se de que aquelas pessoas não eram Jane nem Eduardo, que continuava muito bonito.

Adelaide só não viu Alberto e a esposa de Perseu, porque eles tinham ido ao supermercado para comprar algumas coisas de última hora para o almoço.

Adelaide andou por mais quase dois quilômetros e sentou-se na areia. Uma mulher de maiô aproximou-se e perguntou se ela estava com fome. Mal humorada, Adelaide mandou-a meter-se na própria vida. A banhista, então, ficou olhando-a longamente, como se não entendesse a agressão. Adelaide gritou:

— Não quero ninguém por perto! Por que todo mundo quer se aproximar de mim?

— Pensei que estivesse com fome. Tenho lanche aqui — comentou a mulher bondosamente.

— Não quero ver ninguém, não quero! — gritou Adelaide.

Em conflito, a banhista tentava se decidir se deixaria o lanche ou não. Adelaide levantou-se e saiu andando e gritando:

— Por que todo mundo não me deixa em paz? Eu só quero ficar sossegada, sem ninguém a me encher!

Embora explodisse com a banhista, Adelaide, na verdade, falava intuitivamente com Magno, que insistia para que ela voltasse para a família, pois aquela era sua última chance.

Alberto e Ricardo tinham vendido a casa e iriam morar em um apartamento dali a um mês, e havia cinco anos que Jane e a família já não moravam mais na casa que Adelaide conhecera. Além disso, aquele apartamento na praia estava com seus dias contados. A família o colocara à venda e comprara outro em outra praia, pois acreditava que aquela região já estava muito movimentada e preferia um local mais tranquilo.

Diante da explosão de Adelaide, Magno parou de tentar influenciá-la e, mais uma vez decepcionado, ele afastou-se, deixando a mulher por conta própria.

***

Todos estavam reunidos. Os gêmeos sopravam as velinhas pela primeira vez, e, pela janela do alto, Ricardo olhava para a praia e pensava na mãe e em mais um grande momento de felicidade que ela perdia.

Refletindo muitas vezes sobre a questão, o rapaz já deduzira que na vida nada era estático, tudo era muito dinâmico e que o mundo fazia desfilar à nossa frente pessoas boas e ruins, fatos bons e ruins. Ele chegara também à conclusão de que a maturidade espiritual está realmente em separar o joio do trigo e saber o que fazer com eles da forma mais útil possível.

Ricardo voltou-se para os parentes ali reunidos, inclusive para os parentes da esposa de Perseu, e, observando-os um a um, percebeu com profundidade que os poucos desentendimentos que existiam entre eles não eram nada em relação à união que reinava.

Ele olhou para as crianças e jurou a si mesmo que, se um dia Perseu faltasse, ele assumiria a responsabilidade de criá-los como se fosse o próprio pai.

Ricardo olhou novamente pela janela e viu uma mendiga caminhando lentamente na calçada, levando consigo uma sacola já gasta pendurada nos ombros. A mulher parecia alienada a tudo.

Ele sentiu uma pontada no peito e pensou: "Felicidade é isso: momentos de união e amor. E graças a Deus temos coisas a comemorar. Um ano se passou desde que essas duas novas vidas se juntaram a nós nesta caminhada. Rogo que eles não abandonem a si mesmos ou a nós um dia e que não se percam nas tentações das coisas vazias e vãs, que nada constroem e que tornam os dias iguais aos outros, com pouca utilidade".

Ricardo foi tirado de seus pensamentos pela voz de sua noiva, que lhe dizia:

— Não quer um pedaço de bolo?

Antes de responder, ainda mergulhado em seus pensamentos, ele rogou como se Adelaide pudesse ouvi-lo:

"Mãe, logo me casarei, terei filhos... Ainda há chance de a senhora voltar."

— Ricardo, estou falando com você. Quer ou não bolo? — insistiu a moça.

Ele sorriu tristemente e respondeu:

— Claro que sim! — estendeu a mão para pegar o pratinho.

Jane olhou-o, deu poucos passos e beijou-o na face, sem lhe dizer nada, porém, Ricardo sabia que a tia o compreendia e tinha as mesmas ânsias e frustrações quanto a Adelaide.

Jane também tinha esperanças de reencontrar a irmã e poder ajudá-la. Acreditava que Adelaide pudesse ter alguma doença mental, contudo, não percebia que o que a irmã tinha era um desvio grave de personalidade, um lado mau-caráter, obsessivo e invejoso, que precisava ser vencido. Adelaide, porém, abandonara a luta, a tudo e a todos, até a si mesma, desperdiçando uma grande oportunidade.

Magno inspirou a Ricardo que não se entregasse à melancolia e não ficasse triste em um momento tão feliz por causa da mãe, que de forma alguma queria ajuda.

Ricardo suspirou profundamente e sentou-se no sofá para comer. A noiva do rapaz acomodou-se ao seu lado e ficou olhando-o. Por fim, a moça perguntou:

— O que foi, querido?

— Nada! Bobagem! — comentou, sem querer tocar no assunto, pois traria uma nuvem de tristeza a todos.

Alberto aproximou-se, olhou pela janela a praia lá embaixo e depois se voltou para Ricardo. O homem entendia por que o filho tinha aquela expressão, mas nada disse e lastimou ter escolhido Adelaide como esposa. Sabia que Ricardo ainda se preocupava com a mãe, então, murmurou ao rapaz:

— Morreu, Ricardo. Enterre-a.

A noiva de Ricardo não entendeu o diálogo entre pai e filho, assim como não compreendeu o beijo que Jane dera na face do sobrinho, mas não perguntou nada. A moça preferiu prestar atenção às crianças, cujos olhos estavam brilhantes de felicidade, mesmo sem entenderem o que o momento significava. Havia um elo de amor unindo todos eles, e isso as crianças, mesmo tão pequenas, sentiam.

Braços abertos acolheriam Adelaide se ela voltasse atrás, mas a mulher lhes dava as costas, rejeitando-os, e continuava perambulando pelo mundo, pegando um longo caminho, quando muitos atalhos lhe eram apresentados. Pobre Adelaide!

***

Os anos passavam céleres, e a vida cobra movimento a todos. Somente Adelaide, contudo, continuava cega e insensível às suas necessidades.

Magno não tentava mais influir a Adelaide que voltasse ao seio familiar, e isso aconteceu não porque ele tivesse desistido dela mas porque, tendo se afastado por um longo tempo, Adelaide perdera seu lugar e saíra daquela realidade. Não foi por falta de luta dos amigos que tanto a amavam que aquilo acontecera. O fato é que todos sempre se deparavam com a parede sólida do livre-arbítrio, impedindo-os de lhe proporcionar qualquer ajuda mais efetiva.

Magno, contudo, nunca se afastava o bastante e, embora tivesse sua vida para seguir, conseguia estar presente quando Adelaide precisava.

Naquela manhã, não fora diferente. Magno sentiu sua amparada sufocando e correu até ela. A doença do frio e da friagem tinha lhe afetado os pulmões novamente.

Magno começou a ministrar passes em Adelaide, e, embora ainda não tivesse chegado o momento da morte de sua amparada, ela vinha causando o abreviamento de sua vida devido às escolhas que fazia.

O amigo espiritual correu para a rua e começou a inspirar aos transeuntes que alguém estava precisando de ajuda. As raras pessoas que passavam por ali, como sempre, estavam tão mergulhadas em seus próprios problemas que não captavam o pressentimento.

Uma senhora, que estava acompanhada de uma garotinha de uns sete anos, passou naquele momento. A mulher não pressentiu os apelos de Magno, porém, a criança o viu e sentiu o que ele pedia. De repente, a menininha soltou-se bruscamente da mão da mãe, que, assustada, saiu correndo atrás da criança, gritando seu nome.

Ao aproximar-se de Adelaide, a criança estancou e disse à progenitora:

— Mãe, ela precisa de ajuda; está morrendo. Não a deixe morrer aqui.

A mulher olhava para Adelaide deitada sobre alguns papelões, respirando com muita dificuldade. Ante a surpresa, a mãe da garotinha não conseguia pensar, então a menina gritou novamente, sentindo que precisava despertá-la:

— Mãe! Mãe! Ela precisa de ajuda! Ligue para o hospital.

A mulher levou um susto e saiu correndo até um orelhão e telefonou para a central de polícia. Gaguejando, ela falou algo com a atendente sobre uma mendiga que estava morrendo.

Sem entender bem por que a mulher ligara para a polícia, a telefonista rapidamente chamou o resgate. A garotinha, por sua vez, continuou ao lado de Adelaide, que somente a olhava, acreditando que a menina fosse uma assombração.

A mãe da garotinha voltou, e a menina olhou-a cobrando uma atitude. A mulher desculpou-se, dizendo:

— Chamei a polícia. O que mais posso fazer? — e, mesmo sem falar, a mulher pôs-se a rezar.

193

Magno não desejava que Adelaide morresse naquele beco, abandonada, sem socorro e conforto. Apesar de todos os avisos, a mulher sempre caminhara para aquele fim, mas o amor e a dedicação de Magno falavam mais alto.

De sirene ligada, o resgate chegou rapidamente. A garota até deu um pulinho e bateu palmas de tão feliz que ficou. A mãe da menina falou de forma breve sobre o que estava acontecendo, e, enquanto dava explicações, os socorristas indagavam-se: como a mulher vira a mendiga, já que aquele beco mal era notado a partir da calçada? Mas isso não era importante. Só o socorro importava.

Quando colocaram Adelaide na ambulância, mãe e filha agradeceram aos socorristas e retomaram seu caminho. Magno, por sua vez, agradeceu à garotinha, que apenas sorriu e lhe enviou mentalmente: "Eu sei que existem anjos da guarda. Sempre os vejo, mas minha mãe me mandou parar com isso, afirmando que é bobagem de criança e que já sou grande para essas histórias. Não digo nada a ela, mas eu vejo. Por que aquela velha está tão sozinha?".

Magno acariciou o rosto da criança e influiu:

"Muitas vezes, as pessoas adultas pensam que sabem tudo sobre o mundo, mas não sabem. Quando crescer, não se deixe influenciar por isso. Você tem uma mediunidade acentuada, então, use-a para o bem. Use-a. E quanto àquela senhora, saiba que a família não a abandonou; ela os abandonou e os faz sofrer até hoje."

A menina sorriu para Magno, e a mãe, sem entender o que se passava, ralhou:

— Pare de sorrir! O que vimos foi horrível. Como uma família pode abandonar alguém assim, por pior que seja?

— Foi ela quem abandonou a família, mãe.

— Cale-se! Você não tem como saber.

A garota calou-se, mas sabia sim, pois Magno lhe dissera. Como contar isso a mãe? Ela certamente pensaria que a

194

menina estava mentindo. Entendendo as limitações da mãe nesse sentido, a garotinha seguiu de mãos dadas com a genitora, tentando guardar na memória, para nunca mais esquecer, a palavra que Magno lhe pronunciara: mediunidade.

***

Na lembrança de Ricardo, a imagem da mãe apagara-se muito. Ele já era um homem de quase 40 anos, tornara-se pai e sempre se mantinha atento em manter a união da família. Jane era considerada a avó de seus sobrinhos, e sua filha, nascida quatro anos depois do desaparecimento de Adelaide, tornara-se uma executiva brilhante, assim como o pai. O filho mais velho do casal tornara-se professor universitário, e Eduardo já pensava em se aposentar.

Naquele dia, uma grande melancolia envolvia o coração de Ricardo e da tia, sem que nenhum dos dois conseguisse entender por que estavam sentindo aquela tristeza.

No escritório, Ricardo levantou-se, andou até a janela e lá de cima do prédio no qual trabalhava, no décimo andar, olhou para baixo, observando as pessoas que iam e vinham naquela avenida movimentadíssima.

Ricardo suspirou, e a saudade da mãe voltou forte. Ele sentiu vontade de chorar, mas não o fez e continuou ali parado.

Um colega perguntou:

— O que foi? Você está bem?

— Não. Acho que muitas vezes ainda procuro quem não quer ser encontrado.

Sem saber da história, o colega sorriu:

— Então, esqueça! O mundo é grande, e há muito lugar para se esconder.

Ricardo não respondeu e voltou para sua mesa, tentando concentrar-se no trabalho, porém, não conseguia.

195

Jane estava em casa e aquela tristeza indefinida fê-la ligar para o marido, com quem conversou sobre coisas do cotidiano só para saber se ele estava bem. Depois, fez o mesmo com a filha e com o filho e desligou.

Mesmo sabendo que eles estavam bem, Jane sentia que algo desagradável pairava no ar. Como fazia todas as noites, ela subiu até seu quarto e lá se colocou a rezar por todos que a cercavam e por Adelaide.

Antes do fim da tarde, Jane teve uma crise de choro. Quando o marido e a filha chegaram, notaram-lhe os olhos vermelhos, mas Jane não sabia explicar por que se sentia daquele modo.

Ao chegar em casa, Ricardo sentiu um cansaço exagerado e foi para a cama mais cedo. Mal seu corpo adormeceu, ele se desdobrou e invocou o amigo espiritual.

Conversaram, e Magno contou-lhe o que estava ocorrendo. Ricardo, em espírito, quis ver a mãe, e os dois homens seguiram até o hospital. Mas, chegando lá, Ricardo foi tomado por tamanha emoção que seu espírito voltou para o corpo, fazendo-o acordar sobressaltado.

A esposa de Ricardo, que estava ao lado lendo um livro, perguntou-lhe preocupada:

— O que foi? Você me assustou.

— Saí do corpo e me vi chegando a um hospital. Lá, vi algo me chocou.

— Ninguém sai do corpo, Ricardo. Isso é cansaço — afirmou a esposa indiferente, voltando à leitura.

Ricardo pensou: "Como explicar?". Ele calou-se e buscou com a mente estabelecer contato com Magno.

O amigo espiritual tentou acalmá-lo e depois lhe influiu que Adelaide estava morrendo. Ricardo não sabia o que fazer, pois tinha consciência de que as referências do amigo espiritual eram outras, o que o incapacitava a dar o endereço do hospital onde Adelaide estava.

Além disso, se Adelaide não queria manter contato com a família, era preciso respeitar seu livre-arbítrio. Mais uma vez, Magno lembrou esse detalhe a Ricardo, fazendo-o entristecer-se ainda mais.

Ainda silenciosamente, Ricardo orou pela mãe, pedindo que sua alma ficasse em paz e que ela se perdoasse, pois ele já o fizera. Perseu, contudo, ainda tinha uma amarga lembrança e revolta da mãe.

Naquele momento, Adelaide morria no hospital, e os médicos nada puderam fazer. A primeira imagem que ela viu foi a de Magno. A mulher olhou-o de alto a baixo e continuou em sua teimosia:

— Não vou com você. Não quero e sei que não pode me obrigar.

— Olhe-se, Adelaide. Você precisa de ajuda.

A mulher olhou para o corpo inerte na cama e cuspiu nele, mas em seu duplo etérico não havia saliva. Adelaide saiu do hospital com o perispírito um tanto desarmonizado, e aquela situação ainda pioraria.

Teimosamente, Magno seguiu Adelaide dizendo:

— Aonde você vai? Venha comigo. Por favor, venha comigo.

— Vou ajustar as contas com Jane. Ela roubou minha família de mim.

Magno ficou chocado com a forma como Adelaide invertia as coisas e afirmou:

— Como pode dizer isso? Você abandonou sua família com suas mesquinharias!

— Por que está sempre do lado dela? Por quê? Ela teve uma vida boa, não teve? Pois agora eu posso tumultuá-la.

— Não vou deixar, não! Não mesmo!

Adelaide gritou que ele não podia fazer nada, e Magno sentiu uma tristeza enorme. Jane nada fizera além de cuidar dos sobrinhos, tentando substituir a mãe que os abandonara, e é claro que eles a amavam mais por essa razão.

Adelaide sempre tivera inveja da irmã, e, sem o corpo físico, sentia-se solta para atuar negativamente. Rapidamente, Magno fez um balanço das personalidades, avaliando as fraquezas de cada um, pois sabia que seria isso que Adelaide exploraria.

***

Pelo padrão vibracional de cada um, o primeiro que Adelaide procurou foi Alberto. Confusa, ela acreditou que encontraria o marido como o deixara havia vinte anos. E, quando o viu no quarto de uma criança, sentado à beira da cama e lendo uma história infantil, estancou, pensando: "De quem é esse quarto? E quem é esse velho?". O brilho que flutuava naquele ambiente incomodou Adelaide.

Ela não sabia que Alberto morava com a família de Ricardo e que era um avô amoroso e dedicado aos netos.

A menina de uns sete anos sentou-se na cama de repente, pressentindo a presença sutil, mas perturbada da avó. Alberto disse:

— É para você dormir.

A menina observou todo o quarto, como se procurasse algo.

— O que foi? Vamos, deite-se. Daqui a pouco, terei de apagar o abajur, pois você tem aula bem cedo.

A garotinha, sem conseguir explicar o que pressentia, voltou a deitar-se. O avô terminou a história, deu-lhe um beijo de boa-noite e saiu.

Adelaide continuava ali, quieta, muda, sem se mexer, chocada com a realidade que se apresentava. Era como se acreditasse que o tempo tivesse parado para todos, assim como pensava ter estancado para ela.

Vendo que a menina dormia, Adelaide saiu confusa daquele ambiente, ainda se perguntando quem era aquele velho. Por que ao pensar em Alberto fora parar ali?

Alberto atravessou o corredor e seguiu para seu quarto. No banheiro contíguo, escovou os dentes e, depois de apagar a luz, deitou-se. Um silêncio calmo cobria tudo.

Adelaide perambulou pelos outros quartos e em um dos cômodos viu um casal dormindo. No outro quarto, havia dois garotos, um deles quase adolescente. Ela tornou a perguntar-se: "Quem são essas pessoas?".

Naquele ambiente onde reinava a harmonia ela não conseguiu ficar, pois aquele brilho que flutuava no ar a incomodava muito. Adelaide, então, saiu dali e ficou perambulando pelas ruas, vendo gente encarnada e desencarnada de todo tipo.

Ela atravessou uma praça e, observando alguns voluntários servindo sopa quente para os moradores de rua, riu deles, debochando e menosprezando o trabalho tal era seu nível de perturbação. Adelaide logo se cansou do que fazia e começou a procurar o padrão vibracional de Jane, pensando unicamente em vingar-se da irmã. Desejava, ardentemente, vê-la em desgraça, traída, falida, sofrendo muito.

Adelaide acabou entrando em uma casa suntuosa e não acreditou que pudesse ser de Jane. Com pena de si, julgou novamente que a vida lhe era injusta.

Ela viu uma senhora muito elegante descendo as escadas, ficou olhando-a e notou como ela parecia limpa. Adelaide também esperava encontrar a irmã como a deixara.

Uma jovem desceu as escadas correndo e passou por Jane, que ralhou:

— Qualquer dia desses você cairá dessa escada. Pare de correr assim, Gisele.

— Estou atrasada, mãe.

— Um segundo não faz diferença. Quantas vezes terei de lhe dizer isso, filha.

— Papai já desceu?

— Não, mas deve estar vindo. Deixei-o quase pronto no quarto.

— Ele me mata se eu atrasá-lo de novo.

A jovem passou pela mãe e, ainda correndo, atravessou a sala e entrou na cozinha. Jane, tranquilamente, fez o mesmo caminho.

Encontrando a filha a se alimentar, a mãe disse:

— Você tem compromisso hoje à noite. Não esqueça.

— Imagine se vou esquecer! Os pais de Bruno vêm jantar.

A mãe sorriu e brincou:

— São seus sogros. Trate-os bem.

Nesse instante, Eduardo entrou e beijou a esposa na face, e isso foi como uma facada em Adelaide, que não pôde deixar de pensar:

— Ele continua lindo. Era o marido de que eu precisava.

— Gisele, não me deixe esquecer esse compromisso — disse o pai à filha.

— Não esquecerei, pai. Ficarei no seu pé.

Eduardo sorriu e sentou-se à mesa junto com a esposa e a filha, enquanto Madalena os servia.

Gisele levantou-se e disse:

— Vou escovar os dentes e já volto.

— Escove no escritório — disse o pai, terminando sua refeição e se levantando.

A moça, antes de sair, abraçou a empregada — Madalena, a mesma de tantos anos — e pediu-lhe que caprichasse no jantar. A senhora sorriu e deu-lhe uma palmada de leve nas nádegas, brincando:

— Eu sempre capricho, sua garota espevitada!

Adelaide observava a cena com desprezo, pensando que jamais uma filha sua teria tal intimidade com uma empregada e que só mesmo Jane permitiria tal absurdo. Ela não se lembrava de que, quando se afastara da família, Jane e

Eduardo tinham um garoto, João Miguel. Ela não sabia da existência de Gisele até aquele momento.

Jane e Madalena entregaram-se ao cardápio do jantar e a discutir o que fariam ou não para ser servido. Depois, as duas foram ao supermercado, deixando na casa apenas o jardineiro e a intrusa Adelaide, que perambulou por cada canto sem ser notada. Enquanto isso, o jardineiro assobiava uma canção alegre que ela nunca ouvira.

A cada vez que Adelaide entrava em um ambiente diferente, sua raiva aumentava. O casal prosperara financeiramente, e ela tinha certeza de que Alberto continuava o mesmo imbecil de sempre.

Adelaide percebera que aquela noite seria de festa e queria estragar tudo como forma de vingança. Questionou-se: "Será que posso empurrar a jovem escada abaixo? Como ficaria Jane, se a filha ficasse paraplégica ou tetraplégica?".

Intuindo o pensamento de Adelaide, Magno deslocou-se até ela. Em seu novo estado, a mulher logo o viu e já lhe virou as costas. Ele perguntou:

— Adelaide, o que faz aqui?

— Alberto nunca me daria uma casa assim! Tudo é para Jane! Tudo sempre é para Jane! Nem o marido dela ficou decrépito como aquele velho que vi.

— Alberto não está decrépito; ele é mais velho que Eduardo, assim como você é em relação a Jane. Vamos embora! Vamos tentar recuperar parte do tempo que você perdeu.

Adelaide disse-lhe um palavrão e voltou a perambular pela casa, desejando estragar a noite da família. Precisava estragar tudo na vida de Jane.

A mulher sentou-se no último degrau da escada e ficou imaginando Gisele caindo dela e fraturando a coluna vertebral.

Se pudesse, Magno a tiraria dali à força, mas sabia que isso não resolveria o problema. Ele, então, resolveu inspirar Jane para que todos tomassem muito mais cuidado. Tentou,

201

mas Jane estava muito focada nos preparativos do jantar e não percebeu que havia uma intrusa na casa. Ameaçador, o perigo rondava.

***

O dia passava, e todos estavam muito ocupados. Magno tomou conhecimento de que a família toda se reuniria, o que seria um castigo para Adelaide. Será que ela perceberia a extensão de tudo o que perdera?

Adelaide, por sua vez, ficava mais irada a cada minuto, vendo a felicidade da irmã. Jane ouvia música na cozinha junto com Madalena. As duas mulheres conversavam, faziam sobremesas, temperavam os assados e higienizavam as saladas. A intrusa só queria atrapalhar, contudo, não sabia como o faria.

Em determinado momento, Adelaide esbarrou na empregada, que sentiu um calafrio e observou:

— Credo, dona Jane! Parece que o diabo está perambulando nesta cozinha.

Jane benzeu-se, mas não sentira nada. Ela tornou:

— Nem me diga isso! Hoje é um dia muito importante para Gisele e para nós, e tudo precisa estar perfeito.

— Não vai estar! Vou estragar tudo! — gritou Adelaide.

Madalena sentiu o padrão vibracional de Adelaide e ficou arrepiada novamente. Saiu um pouco da cozinha e voltou com um grande crucifixo que costumava manter em seu quarto.

Jane sorriu, sem parar o que estava fazendo, e inquiriu:

— Por que isso, Madalena?

— Para as coisas se manterem em ordem. Satanás não fica quando a cruz está perto.

— Tomara que funcione mesmo, principalmente hoje — comentou Jane, que não acreditava que existia um Satanás como personificação do mal.

Adelaide ignorou o objeto, mas pareceu-lhe que já não conseguia incomodar, ainda que sutilmente.

O telefone tocou, e Jane assustou-se. A mulher lavou as mãos rapidamente e pegou o telefone ao lado. Ao atender à ligação, sua felicidade aumentou, e Adelaide viu o perispírito da irmã brilhar muito, sem notar que, com o aumento de sua ira, o seu perispírito, que já tinha certa deformidade, ficara ainda mais opaco.

Após desligar o telefone, Jane tirou o avental e comunicou a Madalena:

— João está embarcando e chegará daqui a duas horas. Vou buscá-lo no aeroporto. O trânsito pode estar ruim.

O brilho no perispírito de Madalena também se acentuou, e ela comentou:

— Também sinto saudades dele.

— São três anos sem vê-lo, Madalena. Como será que está?

— Bem e feliz. É isso que desejo todos os dias. Vá. Eu cuido de tudo aqui.

Jane saiu da cozinha, correu escada acima, trocou de roupa rapidamente, tirou a sandália caseira e colocou sapatos baixos. Fez tudo apressadamente por pura ansiedade de ver o filho, pois, com certeza, chegaria muito antes de o voo pousar.

Jane saiu apressadamente do quarto, e Magno ficou com medo de que ela descesse as escadas correndo e Adelaide conseguisse fazê-la cair. Ele, então, inspirou-lhe que tomasse mais cuidado.

Embora focada na chegada do filho, Jane desceu as escadas bem devagar. Enquanto isso, Adelaide mantinha-se a postos para empurrar a irmã ao mínimo desequilíbrio.

Magno sabia que não poderia arredar o pé daquela casa, enquanto Adelaide tivesse a intenção de ferir alguém gravemente, pois ela poderia conseguir.

Adelaide ainda seguiu a irmã até a garagem e a viu entrar no carro e sair dirigindo. Jane cumprimentou o jardineiro com alegria e comunicou ao homem que estava indo buscar o filho.

A intrusa desejou de coração que o avião caísse, mas, graças a Deus, ninguém tem esse poder mental. Magno insistiu novamente para que ela saísse dali para fazer um tratamento espiritual, pois havia muito aquele comportamento se tornara intolerável.

Vendo que a irmã lhe escapava das mãos, Adelaide foi tentar incomodar Madalena, para que se queimasse ou estragasse qualquer coisa. A mulher, contudo, estava muito atenta a tudo que fazia e ainda sentiu a presença incômoda. A senhora parou o que estava fazendo por alguns segundos, olhou para o crucifixo que colocara em cima do balcão da cozinha e disse à imagem:

— Cristo, confio no Senhor. Seja lá o que esteja querendo nos incomodar, peço que o diabo carregue para longe.

Aquele pensamento não era muito caridoso, mas Madalena não sabia como reagir a Adelaide. Além disso, a mulher não desejava realmente o mal ao perturbador; apenas queria que a má influência parasse. Pouco depois, voltou a se concentrar no trabalho.

Adelaide tentou influir a Madalena que Jane e a família eram ricos demais, lhe pagavam um salário miserável e que ela merecia muito mais. Além disso, influiu-lhe que o afeto que lhe dedicavam era falso e que apenas se aproveitavam dela, escravizando-a.

Graças a Deus, Madalena estava fora daquele padrão, sabia que era amada e que aquelas pessoas já lhe tinham provado isso de muitas maneiras. A mulher recordou-se de quando tivera um câncer e Eduardo lhe pagara todas as despesas. Além disso, mantiveram-na morando na casa mesmo tendo de contratarem outra empregada para substituí-la durante o tratamento.

João Miguel, à época adolescente, chegava da escola e fazia as lições no quarto de Madalena para fazer-lhe companhia. Mesmo quando estava quieto e concentrado nos trabalhos da escola, sua presença passava força, carinho e confiança à empregada.

Já Gisele, ainda tão menina, presenteara Madalena com sua boneca preferida para fazer-lhe companhia e para que não tivesse medo do remédio ruim que precisava tomar.

Jane, por sua vez, fora uma mãe para Madalena durante aquele período tão difícil. "Onde irei encontrar gente tão boa?", recordava-se a mulher como resposta ao que Adelaide tentava influir-lhe.

Quem planta boas ações colhe amigos — é só o que se pode deduzir. Não é graça gratuita de Deus; é consequência.

Os pensamentos de Madalena afastaram a intrusa dali, mas Adelaide não foi embora da casa. E o perigo continuava a rondar.

***

Adelaide foi para o jardim e começou a tentar influir o jardineiro. O homem era evangélico e assobiava um hino de graças a Deus. Adelaide xingou-o, porém, ele nem sequer percebeu a presença da mulher, que continuava crendo-se injustiçada por tudo e por todos, bloqueando as perguntas que queriam surgir-lhe na mente: O que você fez de bom para as pessoas? De que forma foi útil em sua existência? Como aproveitou a reencarnação? O que plantou? O quanto se melhorou? Progrediu?

Voltando para o interior da casa, Adelaide subiu as escadas. Ela odiava a residência da irmã, bem maior que a anterior, e lembrou-se da que ocupara com a família. Por fim, a mulher xingou mentalmente o marido de incapaz.

Magno influiu: "Quem foi incapaz?". Adelaide olhou para os lados e disse um palavrão. Logo depois, teve sua atenção chamada à porta da frente que se abria e viu alguém que desconhecia: uma moça que tinha um brilho exuberante à sua volta. A jovem olhou para a casa toda como se procurasse algo, depois seguiu para a cozinha chamando a mãe. Deduziu ser a filha de Jane, mas não a vira no café da manhã.

Curiosa, Adelaide desceu as escadas, entrou na cozinha e viu a jovem abraçando Madalena e dizendo:

— Tudo bem, mãe? João já chegou?

— Deve estar para chegar. Já faz um tempinho que Jane foi buscá-lo no aeroporto.

— Vim ajudá-la.

— Obrigada, filha. Vamos precisar.

Adelaide deduziu que a moça fosse filha de Madalena e sorriu. A mulher influiu a jovem que não ajudasse a mãe em nada, contudo, a moça colocou um avental, olhou em volta novamente como se procurasse algo e comentou:

— Quando entrei, tive a sensação de ver alguém no alto da escada e agora sinto que está aqui.

Madalena fez o sinal da cruz, olhou novamente para o crucifixo e comentou:

— Hoje pela manhã, também senti algo ruim fluindo aqui. Veja. Até trouxe o crucifixo do meu quarto.

A moça sorriu, benzeu-se mais por reflexo e começou a ajudar Madalena. Por fim, comentou:

— Em casa onde mora Deus diabo não entra não. Fique tranquila.

Madalena sorriu, e Adelaide ficou incomodada. Tentou influir à moça pensamentos negativos e preconceituosos, mas ouviu de volta por meio da mente: "Sinto que você quer fazer o mal, porém, não vai encontrar ressonância em mim. Não sei quem é e por que veio, mas não tem de estar aqui. Deus, me ilumine para que eu só distribua o bem nos lugares por onde eu passar", continuou a moça, em um desejo sincero.

O perispírito da jovem, que já brilhava muito, expandiu-se e misturou-se ao de Madalena, sufocando Adelaide, que sentiu uma falta de ar. A mulher saiu da cozinha, foi para a sala e mesmo assim parecia que aquele brilho não a abandonava.

Adelaide subiu os degraus rapidamente, fugindo do brilho, contudo, parecia que ele se expandia cada vez mais. O brilho, no entanto, só chegou até certa distância e, como uma varredura, voltou a encolher-se e envolver a jovem.

De repente, a porta abriu-se, e Jane entrou com João Miguel, abraçando-o. Ela sentia tanta alegria de ver a família novamente reunida que não cabia em si de felicidade. Isso incomodou muito Adelaide e sua inveja pela irmã e a vontade de estragar tudo aumentaram.

As malas ficaram esquecidas na sala, e Madalena e a filha foram ao encontro de Jane e João Miguel. As duas abraçaram o rapaz, mostrando a intimidade que sempre tiveram, e depois todos foram para a cozinha, conversando animadamente. Jane serviu um lanche para o filho, enquanto ele contava às mulheres um pouco de seu cotidiano.

Adelaide sentiu-se muito irada, pois não lhe davam brecha para influenciá-los negativamente. A felicidade da irmã, que ela tanto queria estragar, só aumentava.

Magno aproximou-se novamente de Adelaide, pedindo que saísse dali e os deixasse em paz. Sabia que nem todos eram tão fortes em seus sentimentos de amor e que essa seria a brecha de que Adelaide tanto precisava para influenciá-los negativamente e estragar tudo.

A filha de Madalena saiu discretamente da cozinha, caminhou até a sala e subiu devagar as escadas, procurando ainda por algo que sentia, mas não podia ver.

A moça ficou frente a frente com Adelaide, estendeu a mão para ver se sentia algo, mas não sentiu. Magno a observava e deduziu que ela tinha um nível de mediunidade pronta para ser desenvolvido e ser muito útil em seu meio.

O amigo espiritual transmitiu-lhe que tudo ficaria bem, e ela sorriu, sentindo-se mais confiante. A moça desceu as escadas, voltou-se algumas vezes durante o trajeto e retornou à cozinha.

Intimidada, Adelaide desceu também as escadas, foi à cozinha e ficou da porta espiando. A mulher viu Jane sentada ao lado do filho, enquanto ele continuava sua narrativa, fazendo as mulheres rirem de situações engraçadas, e viu também Madalena transmitindo amor ao jovem.

Um cansaço abateu-se sobre a visitante que não fora convidada, o que a fez sentar-se no chão em um canto daquele ambiente. Jane saiu rapidamente da cozinha e depois voltou vestida com uma roupa mais confortável.

Adelaide ouvia o som das vozes como se estivessem longe, vindo de um mundo ao qual ela não mais pertencia. Sua mente parecia oca. Magno mantinha-se ali e, se pudesse, tentaria impedir qualquer má influência de Adelaide.

A campainha tocou, e Jane comentou:

— É a esposa de Perseu. Pedi a ela que viesse mais cedo para preparar aquela sobremesa que é segredo de família. Ela não conta para ninguém como fazer!

Madalena sorriu:

— Para mim ela já ensinou.

— Eu sei, mas seria traição servirmos sem ela ter feito. Desculpe, Madalena, mas ela faz alguma coisa que deixa a sobremesa melhor! — disse Jane, saindo para abrir a porta.

Adelaide ficou curiosa, pois nem sabia que Perseu se casara. Para ela, o filho ainda era uma criança.

Alguns minutos depois, a porta abriu-se e duas crianças entraram na cozinha, pulando nos braços de João Miguel sem a mínima cerimônia.

— Que saudade, seus pestinhas!

Adelaide até se levantou. "Se foi a esposa de Perseu quem chegou, essas crianças só podem ser meus netos", pensou e ficou chocada quando viu Ricardo entrando na cozinha com a esposa de Perseu.

Depois dos cumprimentos festivos, Madalena perguntou:

— Onde está seu marido?

— Vem mais tarde com o pai. Eles tinham algumas coisas para resolver. Ricardo nos trouxe.

Outra moça entrou logo atrás e pegou na mão de Ricardo. Adelaide olhava para todos atônita e sentiu uma vergonha imensa ao reconhecer o filho.

— Tia, me dê o endereço da floricultura.

— Ricardo, só você mesmo para ser tão atencioso. Venha, está aqui na sala — disse Jane, seguindo para o outro cômodo acompanhada de Ricardo e da esposa do sobrinho.

A esposa de Perseu começou a separar os ingredientes para fazer a sobremesa, enquanto João Miguel abria um pacote de biscoitos para beliscar. Madalena ralhou com o rapaz, pois também estava fazendo o almoço.

Adelaide continuava de pé, sentindo-se injustiçada, julgando que Jane era sortuda e ela azarada.

Pouco depois, o almoço foi servido na cozinha, de forma improvisada. As crianças entravam e saíam correndo e brincavam no jardim imenso, enquanto a mãe fazia a sobremesa e os vigiava pela janela enorme que iluminava todo o ambiente.

Após o almoço, João Miguel retirou-se para um cochilo. Ricardo e a esposa chegaram da floricultura com muitas flores e colocaram-nas em baldes com água. Logo depois de se alimentarem, a esposa de Ricardo ajudou Jane a organizá-las em vasos e distribuí-las pela casa.

Todos conversavam e riam animadamente, menos Adelaide, que era a intrusa naquela felicidade, pois não construíra aquelas relações e, embora cobrasse, não as tinha.

Do meio para o fim da tarde, depois de organizarem tudo para o jantar, todos começaram a se retirar, afirmando que voltariam às oito da noite.

Adelaide viu Ricardo sair com a esposa, a cunhada e os sobrinhos. Olhava-o e não conseguia compreender como, de repente, o filho se tornara homem. Fora ela, contudo, que não percebera os dias transformando-se em semanas, meses, anos, pois levara sua existência como morta-viva, preocupada somente consigo mesma e com suas necessidades físicas imediatas. Adelaide estendia a mão para pedir o mínimo para existir fisicamente e sempre recebera bondade, mas nunca reconhecera nada.

Novamente, Magno pediu a Adelaide que o acompanhasse, e dessa vez ela apenas se negou brandamente. Um pouco da arrogância parecia ter se desvanecido, mas Adelaide ainda queria fazer o mal, ainda queria estragar tudo. Mais uma vez, ela fazia uma escolha errada.

De repente, a casa ficou em silêncio, mas parecia que as vozes felizes ainda repercutiam pelas paredes. Gisele chegou e seguiu direto para seu quarto. Em seu quarto, Madalena assistia à televisão com a filha. Elas descansavam para a noite que viria.

Jane tomava um longo banho de banheira e repassava mentalmente todas as providências que tomara, verificando se não faltava nada. A mulher só percebeu que a filha chegara, quando Gisele entrou no banheiro e chamou-a baixinho para não incomodá-la.

Ao vê-la, Jane sorriu. A moça sentou-se na beirada da banheira e olhou para a mãe com um carinho imenso. Adelaide estava lá, vendo a irmã relaxar.

— João Miguel chegou?

— Está no quarto dormindo. Precisou acordar de madrugada para viajar, e hoje a noite será agitada.

— Tem ainda alguma coisa para fazer?

— Não. Agora mesmo eu estava repassando tudo. As carnes já estão temperadas, e as colocaremos no forno às seis e meia. As sobremesas estão prontas, e as bebidas estão no freezer etc.

— Estou até com dor de estômago de ansiedade — confessou a jovem.

— Fique tranquila, vai dar tudo certo. Somos todos uma família.

A moça deu um beijo na testa da mãe, sorriu e saiu. Adelaide continuava observando a irmã, tremendamente incomodada. "Por que parece que todos amam Jane? Ela não é tão boa assim!", perguntou-se, voltando a arquitetar um plano para estragar tudo. Pensou novamente em derrubar alguém da escada e sorriu, antevendo o feito.

Jane não percebia que a irmã, em espírito, perambulava por sua casa e que já descera, subira e fora aos quartos e à cozinha várias vezes, procurando uma brecha para prejudicar a irmã. Uma parede, contudo, a impedia: a do amor que Jane fizera questão de construir em seu dia a dia.

211

EPÍLOGO

Novamente, o clima na casa transformou-se. Jane dava palpite na roupa que o marido vestiria, e a filha entrava no quarto dos pais toda hora para pedir ajuda à mãe.

João Miguel já se arrumara, conversara com o pai e, naquele momento, estava na cozinha bebericando um café e brincando com Madalena.

O clima de festa começava a governar a emoção de todos, e a campainha tornou a tocar. João Miguel abriu o portão da casa para que dois carros entrassem, e Perseu chegou com a família. O rapaz abraçou o primo com carinho e saudade, enquanto os gêmeos pulavam do carro e começavam a correr pelo gramado, sob os ralhos da mãe que pedia que não se sujassem.

Ricardo trazia a esposa, o pai e os dois filhos, bem mais novos que os gêmeos. Eles entraram na casa com intimidade, procurando Jane e Eduardo, que ainda se arrumavam.

Adelaide viu Alberto e novamente o julgou velho, acabado, bem diferente de Eduardo, que continuava elegante e sem um fio de cabelo branco. Parecia-lhe até que o cunhado não tinha rugas.

Todos, por fim, se sentaram na sala. Sem pararem de falar, as mulheres começaram a arrumar a mesa, trazendo consigo cadeiras da cozinha, contando os lugares, dando palpites, rindo.

Adelaide olhava para todos os lados, desejando estragar alguma coisa, e acreditava que aquele momento era perfeito para isso, pois todos estavam reunidos.

A campainha tocou, e Gisele teve um estremecimento. Seu futuro noivo e os pais haviam chegado. Fez-se um silêncio por uma fração de segundos, e depois Jane sorriu, pedindo à filha que fosse abrir a porta.

Gisele mal deu dois passos, e os sogros já estavam ao seu lado. Madalena abrira o portão para que entrassem com o carro, e, felizes, todos esperaram os visitantes aproximarem-se.

Apesar de já se conhecerem, cumprimentaram-se com certa timidez, inclusive os noivos. Adelaide olhou para o pai do noivo e viu nele uma porta para a má influência, pois o homem era materialista e interesseiro. Mal atravessara a porta de entrada, ele, discretamente, começou a avaliar em valores monetários a casa, os móveis e os utensílios que estavam ao alcance de seus olhos. O homem foi apresentado a todos e intimamente pensou que aquela não era uma ocasião para crianças estarem presentes, mas não disse nada.

Um coquetel foi servido, e a conversa perdeu um pouco sua naturalidade, tornando-se um pouco mais formal. Adelaide procurava em um e outro uma forma de influenciá-los negativamente, porém, a formalidade não quebrou o amor e a união que dominavam, impedindo-a.

De repente, Adelaide sentiu-se observada diretamente. Ricardo a olhava, e ela ficou imóvel, esperando qualquer reação do filho. Ele, contudo, apenas a pressentia ali, sem ter certeza de sua percepção devido às muitas personalidades que ocupavam aquele ambiente.

Quando cada um tomou seu lugar à mesa, Madalena e a filha começaram a servir o jantar. Adelaide sentou-se em uma das poltronas e ficou observando o grupo, o que conversavam, como se sentiam, deixando-a cada vez mais incomodada. Em cada um deles Adelaide sentia união, inclusive no pai do noivo, que, contaminado pelo padrão do ambiente, fechara a única brecha que ela acreditava ter.

Se Adelaide se transformasse em obsessora, acabaria seguindo por um caminho pior do que já trilhara. Ela perderia o contato e, consequentemente, a amizade que aqueles espíritos ali, sua família, ainda nutriam por ela.

Ninguém regride evolutivamente, se comparado a si mesmo, porque em relação ao todo, pode sim, ficar bem para trás. Aqueles espíritos amigos estariam tão longe na escala evolutiva que provavelmente não seriam alcançados por ela.

A conversa à mesa mantinha-se amena. A imagem da nora atenta aos gêmeos e o sorriso de Perseu para os filhos não passaram despercebidos a Adelaide, que, aos poucos, foi se sentindo vencida, mesmo sem ninguém ter feito nada.

O pedido oficial de noivado foi feito, e um brinde se seguiu. Enquanto todos comemoravam o acontecimento e o noivado, Ricardo, com a taça de champanhe levantada, mentalizava: "Mãe, sinto que você morreu. Lastimo muito, mas envio este brinde à senhora. Espero que, mesmo longe da gente, tenha conseguido realizar seus sonhos. Toda vez que olho essa família reunida, sei que ela não está completa. Falta você. Mãe, onde estiver, me ouça... Eu ainda a amo muito e lastimo que não tenha conhecido seus netos, crianças lindas e inteligentes, e que não conhecerá meu outro filho, que em meses nascerá".

Prontamente, ela olhou para os filhos de Ricardo, que estavam bem-comportados à mesa, porém doidos para sair correndo e para brincar no jardim discretamente iluminado.

O soluço de Adelaide soou alto, contudo, aquelas pessoas não o ouviram. Por causa da algazarra que faziam ao brindar, mesmo as pessoas que tinham alguma mediunidade não a perceberam.

Adelaide gritava:

— Não encontrei nada do que procurava, pois não sabia o que procurava! Nunca soube. Eu nunca soube! Como não sei agora. Eu só queria estragar tudo. Tudo! Ricardo, me perdoe pelo abandono. Perdoe meu desprezo. Eu imploro a todos: me perdoem!

A máscara caiu finalmente. Adelaide sentou-se no chão a pouco mais de um metro das pessoas, que, felizes, comemoravam o noivado. Ela, contudo, não fazia parte da felicidade, pois a abandonara junto com todos.

Depois de chorar por um tempo, Adelaide sentiu-se aquecer e acalmou-se. A mulher viu ao seu lado o amigo de sempre, que, de mão estendida, dizia:

— Adelaide, vai desistir de novo da chance de ser feliz? Venha. Seu lugar não é mais aqui nem com essa família.

Adelaide levantou-se e olhou em volta. A sala estava vazia, não havia mais ninguém. A mesa da sala estava limpa, as cadeiras extras haviam sido retiradas, e apenas uma toalha impecavelmente branca e um vaso lotado de flores tinham permanecido. Ela perguntou meio abobada:

— Para onde foram todos?

— Estão vivendo suas vidas e construindo. Venha.

Adelaide pensou em cada uma das pessoas de sua família, inclusive no neto que estava por nascer e que ela nunca veria. Lembrou-se também dos gêmeos correndo pelo gramado à tarde e pensou que nunca os abraçaria, nunca teria a felicidade de ser chamada de avó.

— Venha, Adelaide, você terá novas chances. Deus sempre nos dá novas chances.

Adelaide sentia uma dor enorme, pois nada construíra e pouco tinha. Ela mesma julgou que não merecia outra chance, e Magno, percebendo a linha de pensamento da mulher, corrigiu:

— Chamamos isso de perdão, Adelaide. Perdoe-se. A autopunição, por si só, não é útil. Venha.

Adelaide olhou em volta mais uma vez. Desejava voltar no tempo, fazer tudo de forma diferente, ter novamente os filhos pequenos, poder cuidar deles, confiar no marido, amar a todos, dar conselhos sempre úteis e ajudá-los.

— Venha, Adelaide. Por favor, venha. — continuava o amigo espiritual de mão estendida.

Adelaide olhou para a mão de Magno e notou que ela brilhava na meia-luz da sala. Perguntou:

— Poderei vir ao casamento?

— Não. Você não é convidada.

Novamente, Adelaide sentiu como se tivesse levado uma facada e sorriu tristemente. Por fim, comentou:

— Da próxima vez, farei tudo para ser.

— E será. Venha.

Ainda titubeando, Adelaide aceitou sair dali e ir ao orbe espiritual. Lá, ela foi levada a um quarto plasmado onde seria cuidada e prometeu a si mesma que sempre distribuiria amor, compreensão e carinho a todos e que nunca mais abandonaria ninguém, principalmente a si mesma. E era isso o que Carlos Alberto Guerreiro, amigo espiritual que ditou esta obra, rogava: que Adelaide fosse sincera em sua vontade e compreendesse que, fracassando ou não, estaríamos sempre ao seu lado.

GRANDES SUCESSOS DE
ZIBIA GASPARETTO

Com 18 milhões de títulos vendidos, a autora tem contribuído para o fortalecimento da literatura espiritualista no mercado editorial e para a popularização da espiritualidade. Conheça os sucessos da escritora.

Romances
pelo espírito Lucius

- A verdade de cada um
- A vida sabe o que faz
- Ela confiou na vida
- Entre o amor e a guerra
- Esmeralda
- Espinhos do tempo
- Laços eternos
- Nada é por acaso
- Ninguém é de ninguém
- O advogado de Deus
- O amanhã a Deus pertence
- O amor venceu
- O encontro inesperado
- O fio do destino
- O poder da escolha
- O matuto
- O morro das ilusões
- Onde está Teresa?
- Pelas portas do coração
- Quando a vida escolhe
- Quando chega a hora
- Quando é preciso voltar
- Se abrindo pra vida
- Sem medo de viver
- Só o amor consegue
- Somos todos inocentes
- Tudo tem seu preço
- Tudo valeu a pena
- Um amor de verdade
- Vencendo o passado

Sucessos
Editora Vida & Consciência

Amadeu Ribeiro

A herança
A visita da verdade
Juntos na eternidade
O amor não tem limites
O amor nunca diz adeus
O preço da conquista
Reencontros
Segredos que a vida oculta vol.1
A beleza e seus mistérios vol.2
Amores escondidos vol. 3

Amarilis de Oliveira

Além da razão (pelo espírito Maria Amélia)
Nem tudo que reluz é ouro (pelo espírito Carlos Augusto dos Anjos)
Nunca é pra sempre (pelo espírito Carlos Alberto Guerreiro)

Ana Cristina Vargas
pelos espíritos Layla e José Antônio

A morte é uma farsa
Além das palavras
Almas de aço
Em busca de uma nova vida
Em tempos de liberdade
Encontrando a paz
Escravo da ilusão
Ídolos de barro
Intensa como o mar
Loucuras da alma
O bispo
O quarto crescente
Sinfonia da alma

André Ariel

Além do proibido
Em um mar de emoções
Eu sou assim
Surpresas da vida

Carlos Henrique de Oliveira

Ninguém foge da vida
Tudo é possível

Carlos Torres

A mão amiga
Querido Joseph (pelos espírito Jon)
Uma razão para viver

Cristina Cimminiello
As joias de Rovena
O segredo do anjo de pedra

Eduardo França
A escolha
A força do perdão
Do fundo do coração
Enfim, a felicidade
Vestindo a verdade
Vidas entrelaçadas

Evaldo Ribeiro
Aprendendo a receber
Eu creio em mim
O amor abre todas as portas (pelo espírito Maruna Martins)

Flávio Lopes
A vida em duas cores
Uma outra história de amor

Floriano Serra
A grande mudança
A outra face
Amar é para sempre
Ninguém tira o que é seu
Nunca é tarde
O mistério do reencontro
Quando menos se espera...

Gilvanize Balbino
De volta pra vida (pelo espírito Saul)
Horizonte das cotovias (pelo espírito Ferdinando)
O homem que viveu demais (pelo espírito Pedro)
O símbolo da vida (pelos espíritos Ferdinando e Bernard)
Salmos de redenção (pelo espírito Ferdinando)

Leonardo Rásica
Celeste - no caminho da verdade

Lucimara Gallicia
pelo espírito Moacyr

O que faço de mim?
Sem medo do amanhã

Lúcio Morigi

O cientista de hoje

Marcelo Cezar
pelo espírito Marco Aurélio

Acorde pra vida!
A última chance
A vida sempre vence
Coragem para viver
Ela só queria casar...
Medo de amar
Nada é como parece
Nunca estamos sós
O amor é para os fortes

O preço da paz
O próximo passo
O que importa é o amor
Para sempre comigo
Só Deus sabe
Treze almas
Tudo tem um porquê
Um sopro de ternura
Você faz o amanhã

Márcio Fiorillo

Nas esquinas da vida

Maura de Albanesi
pelo espírito Joseph

O guardião do Sétimo Portal
Coleção Tô a fim

Meire Campezzi Marques
pelo espírito Thomas

A felicidade é uma escolha
Cada um é o que é
Na vida ninguém perde

Mônica de Castro
pelo espírito Leonel

A força do destino
A atriz
Apesar de tudo...
Até que a vida os separe
Com o amor não se brinca
De bem com a vida
De frente com a verdade
De todo o meu ser
Desejo – Até onde ele pode te levar? *(pelos espíritos Daniela e Leonel)*
Gêmeas
Giselle – A amante do inquisidor
Greta
Impulsos do coração
Jurema das matas
Lembranças que o vento traz
O preço de ser diferente
Segredos da alma
Sentindo na própria pele
Só por amor
Uma história de ontem
Virando o jogo

Rose Elizabeth Mello

Como esquecer
Desafiando o destino
Os amores de uma vida
Verdadeiros Laços

Sérgio Chimatti
pelo espírito Anele

Apesar de parecer... Ele não está só
Ecos do passado
Lado a lado
Os protegidos
Um amor de quatro patas

Conheça mais sobre espiritualidade com outros sucessos.

 vidaeconsciencia.com.br   /vidaeconsciencia   @vidaeconsciencia

ZIBIA GASPARETTO
Eu comigo!

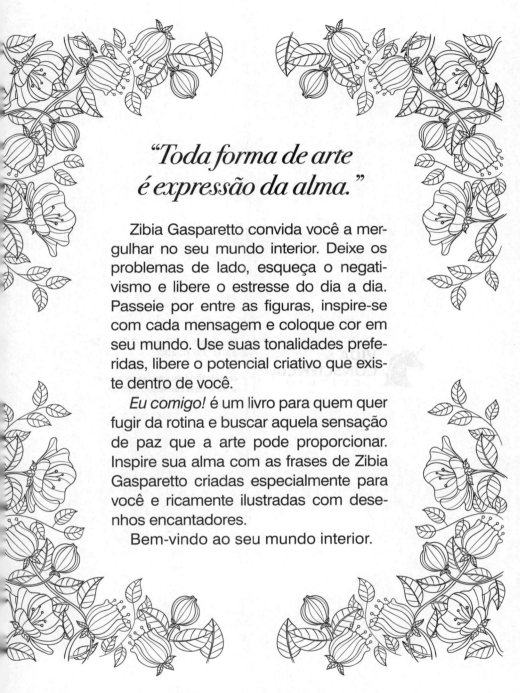

"Toda forma de arte é expressão da alma."

Zibia Gasparetto convida você a mergulhar no seu mundo interior. Deixe os problemas de lado, esqueça o negativismo e libere o estresse do dia a dia. Passeie por entre as figuras, inspire-se com cada mensagem e coloque cor em seu mundo. Use suas tonalidades preferidas, libere o potencial criativo que existe dentro de você.

Eu comigo! é um livro para quem quer fugir da rotina e buscar aquela sensação de paz que a arte pode proporcionar. Inspire sua alma com as frases de Zibia Gasparetto criadas especialmente para você e ricamente ilustradas com desenhos encantadores.

Bem-vindo ao seu mundo interior.

www.vidaeconsciencia.com.br

Rua Agostinho Gomes, 2.312 — SP
55 11 3577-3200

contato@vidaeconsciencia.com.br
www.vidaeconsciencia.com.br